◆◆ 中国文学名家散文精选丛书

倚窗而坐

卢一心 著

江西高校出版社
JIANGXI UNIVERSITIES AND COLLEGES PRESS

南 昌

图书在版编目（CIP）数据

倚窗而坐 / 卢一心著 . -- 南昌：江西高校出版社，
2025. 6. --（中国文学名家散文精选丛书）. -- ISBN
978-7-5762-5710-6

Ⅰ . I267

中国国家版本馆 CIP 数据核字第 2025EB1186 号

责 任 编 辑　丁文勇
装 帧 设 计　夏梓郡

出 版 发 行　江西高校出版社
社　　　　址　江西省南昌市新建区工业二路 508 号
邮 政 编 码　330100
总 编 室 电 话　0791-88504319
销 售 电 话　0791-88505090
网　　　　址　www.juacp.com
印　　　　刷　鸿鹄（唐山）印务有限公司
经　　　　销　全国新华书店
开　　　　本　650 mm×920 mm　1/16
印　　　　张　13
字　　　　数　160 千字
版　　　　次　2025 年 6 月第 1 版
印　　　　次　2025 年 6 月第 1 次印刷
书　　　　号　ISBN 978-7-5762-5710-6
定　　　　价　58.00 元

赣版权登字 -07-2025-36

诗情与哲理相融的山水文章

——简论卢一心的散文创作

何镇邦

卢一心20世纪90年代初到鲁迅文学院进修时，主要从事诗歌创作，还出了一部诗集《玫瑰歌手》。自此20多年来，他把主要精力转向散文创作，发表大量散文作品，结为《文人的骄傲》《不落尘的港湾》《风是免费的》和《处处飘满茶香的山村》等散文集传于世，另有时评短论集《国家心事》作为"福建无党派人士建言献策文集"印装成册供内部交流之用。去年深秋时节，他在北京新名胜地标鸟巢的文化中心举办题为"集体之美"的一心葡萄画展，其间由中国散文学会与福建省作家协会等单位联合举办了卢一心散文创作研讨会，对他20多年来的散文创作进行了回顾与研讨。

《国家心事》中收入的时评短论，文辞犀利，很有社会担当，也很能表现出卢一心散文创作的特色。

总的说来，卢一心写的大多是他所钟情的故乡平和以及八闽土地上的山山水水，当然，还有那里的人情风物以及历史文化；有些篇章当然也涉及全国各地的名胜、人物和历史，诸如《背着甲骨文穿越殷都》写河南安阳的殷商废墟与甲骨文的发现，《寻找一位名叫"莞香"的姑娘》写广东东莞，《寻梦者的乐园》写澳门，《"阿里山神"吴凤》写由平和过台湾的被称为"阿里山神"的传奇人物吴凤，等等。这些散文作品大都诗意充盈、深含哲思，洋溢着爱乡爱国的情思，具有浓郁的文化色彩，文辞也大都优美，有的篇章可以用文辞丰赡誉之。这些可称之为诗性与哲理相交融的山水文章，相当一些篇什可以看作是当代散文创作的佳品美文，具有相当高的审美价值和文化价值。

我说的这类佳品美文，首推写湄洲岛和妈祖的散文《不落尘的港湾》。同类题材的还有一篇，题为《大地翻开一页经书》，收在散文集《风是免费的》里，这两篇相比，以《不落尘的港湾》（以下简称《港湾》）为胜。因为在《港湾》里，作者不仅描述了妈祖林默的降生以及她所做的善事，描述了湄洲湾的美丽与清净，更重要的是写出了作者登临这个圣地的心情与感悟，写了客观的山水心灵化的历程。他这样写道："就这样，我轻轻地来了。实际上，人世间有些地方，其实是不必用脚步去抵达的，只需要心灵去感应就可以，而对于不落尘的港湾——湄洲岛来说，如果你能用脚步去亲身感受她的温度和深度，那么，你就一定可以获得更多的宁静与安详，内心深处也一定更加的无尘，这正是湄洲岛有容乃大和晶莹剔透的地方，也是她纯净与慈悲的地方。"他又写道："我忽然悟出一个道理，发现原来所有的善，真的能够结下所有的美，而所有的美原来就是所有的善的化身，犹如菩提树下的因果。湄洲因此才会成为神仙的国度，才会成为妈祖的故乡。"我之所以破例连续摘引原文，是想说明，只有作者用心灵去感受体验的山水景物，做心灵的抒写，才能写出山水的美来。《港湾》之所以称得上是美文，正是有了作者独特心灵的体验与抒写。

同样称得上是佳品美文的还有写作者的故乡平和新近发现的克拉克瓷的《踏瓷而来》。同样写克拉克瓷的另一篇题为《青花瓷影自多情》的散文，写的是克拉克瓷的发现经过以及其特色和文物价值，具有较大的信息量。但可以作为美文来读的还是这一篇《踏瓷而来》。在这篇文章里，作者把克拉克瓷拟人化为美丽的少女，写尽她的婀娜多姿，写尽她的妍美艳丽，让人不禁爱之。把两篇写克拉克瓷的文字做一比较，不难参透散文写作的三昧，悟出美文之所以成为美文的奥妙之处。

如果说，诗情与哲理相交融是卢一心散文的一大特色，是使他的不少山水文章成为美文的重要原因的话，那么，具有较深厚的文化底蕴可以说是这些山水文章的另一特色。

具有比较深厚的文化底蕴和浓厚文化色彩的散文篇章在卢一心的几部散文集中俯拾皆是，但令人瞩目的可以说是这么两组文章，一是关于三平寺的一组文字，诸如《朝圣》《亭文化》《崇蛇习俗》《与蔡太师共山水》《悠悠古香路 漫漫两岸情》《不死的山水靠什么养活》《三平因文化而腾飞》《没有法嗣弟子》等篇什，是描述闽南第一古刹三平寺及其开山师祖义中禅师的。它们或描写三平寺的山形胜景，或叙述义中禅师创建三平寺的经过和有关传说，或讲述两岸信众因三平寺而结缘的故事，或状写首届海峡两岸福建（平和）三平师祖文化旅游节的盛况，这种对宗教文化的描写与弘扬也是关于民族文化表现的一种形式。这一组文字在卢一心散文中占有相当的分量。另一组文字是关于林语堂的几篇文化随笔，诸如《林语堂的文化胎盘》《从林语堂故居重修说起》《林语堂的背影》等篇什。20世纪文化大师林语堂出生于平和坂仔，是闽南的一张文化名片，当然也是平和的一张文化名片。10年来，漳州市已经举办过两届林语堂作品国际研讨会，在漳州市郊天宝镇和平和的坂仔各建了一座林语堂纪念馆。据说有关部门还想在坂仔打造文学小镇，林语堂也已被热炒。卢一心的几篇文化随笔就林语堂的作品研究以及林语堂的文化意义所发表的意见很有见解，也是他的散文文化价值的一种体现。

除了以上两组文字外，《平和是一尾鱼》中对平和人文化性格的剖析，《三坊七巷》中对福州名胜三坊七巷近百位文化名人的介绍，《记住一座村庄的名字》对尤溪桂峰村悠长文脉的描写，《处处飘满茶香的山村》对出产白芽奇兰的崎岭彭溪村的描写与介绍，在淡淡的茶香中挥洒着浓浓的茶文化。散文集《风是免费的》第二辑"土楼散章"中多篇写土楼的文字所散发出的浓郁的土楼文化气息，都让读者感受到卢一心散文独特的文化特色。其中尤其像《风是免费的》写法国自由画家尼可应邀到平和参加"周碧初油画展暨美术作品邀请展"的情景，尤其是参加画展后参观环溪楼和熏南楼两座土楼的经历，让中西两种文化发生碰撞，从而更加强烈地表现土楼文化的魅力，读来更是兴味盎然。

福建号称散文大省，在散文创作方面可以说是名家辈出，有着优良的传统可以继承。近百年来，除了冰心外，还有郭风、何为等名家在全国散文界具有重要的影响。而现代著名作家许地山也是漳州人，其散文名篇《落花生》即写于漳州，林语堂更是卢一心的同乡。有这么多名家大师可供师承，卢一心在散文创作方面又走过一段不短的路，取得了相当可喜的成就，因此，我们有理由对他在散文创作方面提出更高的期许。正如王国维先生所言，"散文易学而难工"，卢一心20多年中写了数百篇散文随笔，可称为佳作美文者犹屈指可数，要取得创作上的突破，并非易事。不过，以卢一心的韧劲，以他在绘画上的突出成果，有诗画作为底蕴，再有更加开阔的胸襟和视野，我们也可以充满信心地期待他在散文创作上取得更大的成就。

（何镇邦：著名评论家、鲁迅文学院教授、茅盾文学奖评委）

目　录
CONTENTS

第一辑

倚窗而坐

倚窗而坐

1. 窗和帘

这是初夏的早晨，窗帘很不情愿地被拉开。

黛色镏金窗帘里，还有一层薄薄的奶白丝质衬底，低垂于窗牖上，犹如性感的旗袍穿在佳人身上，温婉地燃放着自己的冰点，曼妙飘逸的裙摆，悄悄收敛内心的含蓄与奔放。如今旗袍被魔掌粗暴掀开，推向一边，还被绑成束状，挤得有点喘不过气来。这一切像是早有预谋，或别有用心，却又顺其自然，无话可说。无意间看见另一边的锦绣旗袍也在任人摆布，满脸无辜却又万般无奈，只能暗自苦笑，互相自嘲。

"唰啦——"一声，听见窗帘拉开，眼前一亮，整个屋子都亮了起来，心情也迅速好起来，一种难以言喻的快感油然而生，冲开了刚才些许的不乐意。裙摆狂放，裸露出窗牖那魔鬼般的冰肌玉体，一下子诱惑住眼球，亮瞎了眼似的，紧盯着窗外投射进来的光线，兴奋之情无以言表。随后窗牖也袒胸露臂，展现出那销魂的魅力。推开窗口，迎面扑进一缕清新的风，迅速淹没全身。那种轻松愉悦感仿佛刚沐浴了一身冷水澡，浑身舒爽。屋里的空气更加欢畅淋漓。这时候才意识到，窗帘和窗牖互相缠绕在一起，唇齿相依，两情相悦，谁也离不开谁。没有了窗帘，窗牖一览无余，虽然光亮通透，但老是一丝不挂，委实也是不太好看。没有了窗牖，窗帘显得多余，仿佛就没有活着的必要。再漂亮的旗袍也要穿在佳人身上才显尊贵和风姿绰约。眸上心痕炙热于梦乡。很难想象，没有窗牖的房子怎么住人，没有窗帘的窗牖又如何展现风流潇洒。的确，有窗牖就会有窗帘，这是互相需要，互为守护。窗帘和窗牖紧贴在一起，中间还保持一点点距离，既显优雅，又增加了美感。风一吹，窗帘会摆动起来，掀起波浪，荡动在裙摆与肌体之间，还会发出一丝摩擦的声响。中间那层衬底更是贴肤嫩滑，产生一种让人无法抗拒的魔力。把窗牖打开，帘立于旁，像个侍女。眼前，一件新做的刺绣旗袍再次牢牢吸引住眼球，让人想入非非。

正值花开的季节，窗前就有三盆花，分别是三角梅、茶花和玫瑰，像三位妙龄女子的名字，一听就芬芳。这三位姐妹花可都是见过世面的人，看见窗牖打开，都笑了起来，立刻抛来了善解人意的眼神。她们也刚沐浴过露水澡，身上曦光还若隐若现，喷薄欲出，婀娜多姿丰肌蚀骨的形态，弥漫着青春少女才有的体香。风一吹，花香四溢，更加姿色招摇，惹人一见倾心。于是想，屋子还是要有窗帘和窗牖为好，不仅光线好，空气清新，又有心仪女子相伴，生活自然更加甜美。打开窗牖就等于打开了通往外面世界的大门，也打开了自己的心扉，让自己和外面的世界有了一个对话的窗口。每一扇窗口，都是眼睛与外界相连的通道，也是打开心灵的一把钥匙。视野和思维获得开放后，思想就可以飞到更远的地方，去欣赏到更美的风景。

中午时分，把窗帘拉上，让屋子里的光线变暗，这样可以美美地睡上一觉，醒来后再次拉开窗帘，对镜自视，容光焕发，神情轻松惬意，可见，窗帘这个侍女还是挺招人喜欢的。有时候，窗牖也会很不耐烦窗帘，心想没事别总是把帘子拉上，这样一来还要我窗牖干什么。其实这是窗牖心情不好的时候，理解一下就可以了。把夜幕交给窗帘，窗牖会出现短暂失忆，有时候黑暗会让窗牖感觉到孤独和寂寞。

人，与生俱来就有追求光的愿望和本能。没有了光，整个世界都是黑暗的，连内心也是灰的。烦恼、郁闷，接踵而来。长此以往，这日子也就没法过了。窗牖就是用来采光的，有了光，心情自然会好起来，日子也会变得光鲜透亮。窗牖就像磁铁一样吸引着我。光，产生出无穷的魔力，让人情不自禁把头探向窗外。外面的世界确实太奇妙了，每分每秒都在发生不可思议的事情。有时候，风一吹，窗帘飘动起来，那柔美的身姿和舞步，也会让视觉挡不住诱惑，心潮温馨。窗有千百样，帘有万般姿，不一样的窗和帘，却怀着一样的心思。

2. 窗里窗外

每天清晨，起床第一件事情就是拉开窗帘，推开窗牖，然后，倚窗而坐，一边烧水，一边拿出两个大杯子，一杯用来倒上热气腾腾的白开水，一杯用来冲泡上牛奶加麦片，搅拌均匀。喝牛奶麦片最好加上一汤匙蜂蜜，再加一个水煮鸡蛋，这样的营养早餐就算完成了。早餐前，先把那杯已经凉得差不多的温开水喝了，等于温和了肠胃，清洗了一下肠胃里的浊气，新的一天就开始了。这种生活方式养成习惯早已模式化了。仔细一想，这样的日子安静美好。应该说，不只是我，每个人都在以不同的方式重复自己，包括时光和日子。我相信很多人会和我一样，无论何时何地，出差或喝茶聊天，尤其是读书的时候，总喜欢找个窗口处坐下来，慢慢品茶，或读书，或聊天，或独自欣赏窗外的风景。乘动车，买动车票，一定会首选 A 或 F 座位，因为那是靠窗的位置。买飞机票，也是一样。若买不到首选座位，心里不免有些落寞，上车或上飞机时，总会对那座位多看两眼。我以为，倚窗而坐读书是最美的一件事。古人秉烛夜读，这个烛有偷光的意思，也是打开心灵的一种方式。若能读到一本好书，心灵便有了光，有了激情和感动，还有追求。

倚窗而坐，把目光转到窗外，相当于打开了视频。窗外的场景一幕幕拉开了。那是最真实的影像，没有任何虚假。没有文字，没有导演。不需要脚本，也不需要主题。不需要剪辑，也不需要录制。活生生的社会众生相，本身就是一部天然而成的影视大片，每时每刻每分每秒都在上演。没有开始，也没有结束，日子平淡无奇，偶尔也有激动人心的时刻。自己既是旁观者，也是其中一员。其实，每个旁观者都是主人翁。正如卞之琳的《断章》："你站在桥上看风景，看风景的人在楼上看你。明月装饰了你的窗子，你装饰了别人的梦。"自己可以是看风景的人，也可以成为别人的风景。生活可以有逻辑，也无须逻辑，想看多久就看多久，不想看，转瞬一秒两秒也行。出差旅行途中，坐在窗口处，经常会出神地看着窗外那转瞬即逝的风景，有时看着看着竟然也会睡着了，醒来后继续看那变化万千无垠的景象，无意中感觉到自己的视野被打开了，心境也变宽阔了，真是妙不可言。

倚窗而坐，窗里窗外是两个世界。窗外，远处青山如黛，那庄重的神态，让人安心又放心，生活真的也需要有靠山。还有那朝阳，霞光万丈，给人以温暖和信心。空中的云朵，在晨曦的辉映下，显得多彩而有富想象力。近处的城市街景，琳琅满目，绿树成荫，车水马龙，熙熙攘攘的人群，川流不息。楼宇层层叠叠，有的高耸林立，有的低矮简陋，也有豪华别院。偶尔能看见几只飞鸟，伴随鸟叫声，穿梭于楼宇间，有的停在附近的树丛上，有的继续飞行。从这些楼宇和分布可看出当地居民的生活状况。当然，这只是表面，生活永远是丰富多彩的，不走进它，永远看不透猜不出生活的本质，更丈量不出日子的深浅和灰暗。繁华与喧嚣让人无法抵挡，精彩还在继续。窗内，是自己的世界，熟悉得不能再熟悉的庸常，但也有自己不熟悉的地方，就是内心世界。人的内心是很复杂的，复杂到连自己都不认识自己也很正常。也许这样说，有些人会不服气，心里面想，难道有比自己更了解自己的人吗？一叶障目，最难看清楚的其实就是自己。突然羡慕起窗和帘，可以活得那么自在，通透，简单明了。

倚窗而坐，意境高雅，诗情画意，归去来兮。下雨时，独坐窗内，听风听雨，何其美妙，何等惬意。风为不速之客，可为高朋带来远方的问候。雨是有情人，点点滴滴都在心上，润物细无声。无风无雨之日，那份闲暇所带来的清幽，正好可以赏观万物，自然而超脱。窗外，喧嚣与繁华，被那帘窗纱轻轻地、巧妙地隔绝。窗里，一片静谧，所有的纷扰都可以暂时忘却。游目于外，可以说，一年四季的更迭尽在眼中。我住的高楼下有一条小路，叫思儿亭路，还有一条街叫后街，两条路交叉口有一棵木棉树，一年四季总给人带来惊喜。春的时候，一树橙红；夏的时候，绿叶成荫；秋的时候，萧瑟愁凉；冬的时候，寒树孤枝。木棉花因其花开红艳而不媚俗，充满阳刚之美，大气磅礴，被称作英雄花，其壮硕的躯干顶天立地，刚毅果决，彰显出英雄血染的风采和傲骨。花有血性，英雄自当令人敬仰。

3. 万家灯火

居住在高楼，每当夜幕降临，华灯初上，经常会通过窗口去眺望眼前的景象，只见这座繁华的都市，万家灯火，星辰璀璨，映现出都市温馨的夜生活和人间烟火。如诗如画，如梦如幻。心想，这都市里近千万人口来自五湖四海，这些人当中，大部分都是外地人，真正属于这座城市的原住民已是很少。而这些外地人，也分族群，有闽南人，有闽东闽西闽北人，也有来自全国各地的人，还有些外籍人士和海外归侨。他们用各自的乡音互相联系，也会用各自的菜系进行填补欲望和思念。闽南人喜欢吃闽南菜，闽东闽西闽北或东北西北等地，都有自己的口味。沙县小吃走遍天下，无论走到哪里，有沙县小吃的地方就有中国人的传奇。重庆火锅已经不只是川妹子的最爱，火辣辣的口味符合豪爽的性格。闽南人口味比较清淡，尤其喜欢喝汤。喝酒不喝汤那几乎是不可能的事。每个地方都有自己独特优势和人文背景，包括传统文化，如何进行连接也确实有各自的密码和方式。在福建，最大的优势就是山和海，只要念好"山海经"，福建人就能够闯出一番天地，并创造出奇迹。山和海就是福建人的生存密码和方式。一方水土养一方人，福建山水孕育出了诸如朱熹等"延平四贤"，堪称中国文化的奇迹，凝聚了多少华夏民族的智慧与结晶。这种穿越古今的文化现象本身就是丰富无比的宝藏，等待世人的挖掘和提升。不过，我也注意到一种现象，随着时代的发展，人类迁徙的轨迹也发生了巨大的变化。以前的迁徙大多是因为战乱和为生存漫无目的地迁移，现在主要是奔着繁华和都市化而来。百万大军下江南，早已不是传说。他们也确实创造出无数奇迹。以前由于交通不发达，出一趟远门很不容易，一旦离乡，再见老乡一面都不容易，所以，乡音乡情弥足珍贵。他乡遇故知，泪眼汪汪。现在有汽车、动车、飞机等，说到就到，乡音乡情反而不那么浓烈了。何况还有微信朋友圈和视频聊天，世界越来越小，生活距离越来越近，也越来越透明，经常可以见面，不像以前那样，有个亲戚朋友在城里是很稀罕的事，大家有事没事都去登门拜访。如今都市就像个大熔炉，能化解很多尴尬，也会稀释许多珍贵的东西，包括亲情和友情。现在都市里，已经很少看到年轻人穿少数民族服装了，更别说头饰之类，连方言也越来越同质化了，大家都在用普通话交流，偶尔听见一两句乡音，像通关密语一样，反倒觉得有点陌生。若有外人在，还会觉得不好意思，好像有意不让外人听懂似的，多少会有些许尴尬。乡音乡情淡了，亲情和友情也远了，少数民族的宝贵遗产也越来越稀缺了，这是都市化以后引起的思考。

一个人倚窗而坐，如同打开一本书，并进入一种哲思状态，有时候也会被窗外的景象所击中。该怎么表述或形容这种感觉呢？美，有时候也是一种错误的解读。美，有时候也是孤独的，甚至也包含丑的一部分。既需要互相理解和尊重，更需要懂得互相欣赏和赞美。然而，在现实生活中，眼前的现实不一定就是真实，不仔细看是平面化的，仔细看才发现细节。眼睛停在哪里，哪里就有细节。每个细节都可以是独立的，没有连贯性，又都是具体的。有流动性的，也有固定的。像流水，又像雕塑。夜深人静，万家灯火辉煌。假如你是个生活的有心人，定能捕捉到生活中的很多细节，并进行思考。是的，生活本来就是菱形多面体，可以从不同角度看问题。

倚窗而坐，生命中还有一扇窗，打开那扇窗，就可以听到来自虚空中的一种声音。那声音就像一束光，或是深夜里的雨滴和风声。雨落苍穹，风拂窗棂，多么美妙的声音，又将迸发出怎样的灵感火花。

夜深了，把窗帘拉上，准备休息，那又是另一个独立的世界，神秘而幽远。有梦的时候，其实梦也是一扇窗口，打开它，天就亮了。再把窗帘拉开，外面是大海，每个人都变成游在海里的一条鱼。海底的世界，同样有朝阳和夕照，也有万家灯火，并充满烟火味。

站在那条历史的河边

站在土地上，向上看还是向下看，是一个问题，尤其是对于生活在山区里的人们来说，更是如此。每一块土地都有自己仰望或者俯视的姿势。

向上看，意味着必须抬头望向天空，去寻找心目中的那片云，然后乘着它，飞向远方；向下看，意味着必须低下头，去深入脚下的这块土地，让目光生根，让足迹发芽。其实，无论是向上看还是向下看，都是一种哲学的思考和结晶。

向上看，会有一种辽阔的感觉，恍如进入某一个梦境；向下看，心头必然变得沉重，大地的面孔和表情很斑驳。向上看，天空很远很蓝又很无垠；向下看，大地变得很深很重又很神秘。向上看，人有一种很虚幻的感觉；向下看，人会变得很真实。世间总有很多的东西在这种虚无缥缈又很现实之间缠绵和若即若离。

然而，对生活在山区里的人而言是没有选择余地的，向上看是他们的追求和向往，也是一种挣扎和突围；向下看，既是一种宿命也是一种现实。我发现，一直抬着头走路的人，其内心是充满向往的；一直低着头走路的人，其实也一样，只不过表达和掩饰的方法和途径略有不同而已。同样的地方在于，其对头顶上的天空都保持一种希冀，而对脚底下的大地也始终有一种畏惧感，这就是人生。

我是一个生活在山区里的人，自小对天空产生信仰，也对大地充满敬畏，这就是我的宿命与现实。站在那条历史的河边，向下看，天空就在我的脚下，变幻得根本无法捉摸。然后抬头仰望天空，我发现，天空上的那些云，其实就是大地的补丁，其在不经意间被一阵风刮上了天空，然后变成了云。因此我也知道了，无论是天空还是大地，其实也都是有缺陷的。凝目注视，我发现神的天空原来也只是大地的倒影。老子的笑脸出现在天空之上，其实也只是一种符号或者注解。

天空上同样有一条河，它的名称就叫银河或者天河。神透过这条河观看大地的原型。我猜想，那里附近应该同样也有草地和牛羊，包括青蛙和萤火虫等，反正大地上有的天空上也应该有，否则，神又如何生存？未来的人类又如何在上面安居？可见，天空原来也是大地的另一座家园，或者说，大地只是天空的一张床铺而已。但无论如何，神是从天上往下看，而人是从地下往上看。这样一想，神也是人，人也是神了，无论从天上往下看，还是从地下往上看，人神都是一样的。

当然，我不想再浪费太多的心思去想那些不着边际的事，还是回到现实吧。

大地上的流水潺潺，声音滋润而又细腻；万物在周围蓬勃生长，仰望着天空，这就已经够了。再加上每一滴水、每一朵浪花都是那么真实，就更加浪漫了。许多富有想象空间的事物都是从每一种真实开始的，神话也是真实的另一种镜像。

我看见周围一座座高山都像神一样矗立着，因此我只有顶礼膜拜的份儿了。每次我在山上攀爬，都能强烈意识到我越来越接近天空了，这就是神给我的力量和启示。人活着不能没有寄托，更不能没有方向和想象，否则就只有向下看并永远沉沦下去。当然，还有一种状态是无法比拟的，那就是神的境界和归依。

我看见山区里的路都很窄很小而且很弯曲，下雨天泥泞的路虽然越来越少了，但大部分山里人的目光还是穿不过雨帘，只停留在淅淅沥沥的雨声当中，这就是他们的眼界。当然，在雨中听雨声是非常浪漫的事情，但是，如果目光穿不过雨帘，所谓的浪漫就是一种浪费。我常常在雨中仰望天空，而脚底却是湿漉漉的。

我们家乡有一条河，虽然它不是天上的银河或者天河，但我通过它看到了周围的农作物，包括人类某个个体生命的生长过程，这简直就是一种奇迹。此外，我还经常通过它仰望过天空，其实我的姿态是向下看的，这情景很富有诗意。我还常常在河面上看见船只和水鸟，还有渔夫的影子，我知道这些都是神的化身。

山区周围的景致都异常优美，仿佛唤一声就有人会从空气中走出来，并微笑地和你打招呼，生命的奇迹也经常是在这种状态下诞生的。一个山区的老人扛着锄头的样子很容易让人联想到古代的象形文字，包括他脸上的表情和纹路，沟沟坎坎中可以播撒许多种子，还有阳光和希望等。当然，背着孩子的妇女也很像古陶瓷，入梦的涛声提醒我们还有许多看不到的东西，包括情感和岁月隐秘的部分。

船总是要顺水而行的，如果逆水行舟，其艰难的程度无以言喻。不过，人们在向上看或向下看的同时，其实也要向前看或向后看。向前看是为了寻找出路，正如向上看一样是为了打开自己的天空；向后看也不一定意味着落后，向后看的景色有时比向前看更有成熟的魅力，毕竟真正美的东西贵在发现和珍惜。

　　我想过一些过去的事情，这也和向上看或向下看有关，同时也和向前看或向后看有关。过去是什么？过去并不是以一个失败者的姿态出现的，更多的应该是一种回归和再现。当我庄重而又严肃地凝望着一条河流呈现的姿态时，我的灵魂已经被叩响，周围的空气和阳光已经凝固成岸边的石头，血肉之躯横亘在天上。

　　古代人的队伍穿越时空，我看见了他们剽悍的身影和有血性的一面。他们在丛林中若隐若现，置阴谋与邪恶于死地，互相的暗算只能证明人类也有丑陋的一面。异常宁静的那条河流或许已经消失了，但我还能从土地里嗅到他们的汗味，包括血腥。古代人的文明如今已成化石，但是，向下看或向后看还能看到许多。

　　是的，河流也是有灵魂的，不管是天空的银河或者地面上普通的河流都是一面镜子，也能够储藏记忆，包括往事。过去就复活在未来之中。当然，我也看到过失败者的影子和足迹包括教训，他们一个个倒下被时间碾过，然后就化为乌有，也有的留下了残渣。勇敢的人从一滴水中也可以闻到他们身上的气味。

　　整条河流都是属于历史的，也属于现在和未来的。当现在和未来变成历史时，那条河流就是属于历史的。我做梦也想去畅游一番，然后看看过去、现在和未来。当恐惧中的黎明从噩梦中醒来，满脸笑容地出现在阳光底下时，那就是未来的样子。而我将继续蜿蜒在生命的旅程中，我体验到生命最本能的那种冲动和兴奋。

　　后来，我的生命中出现了另外一个她，就站在那条历史的河边，美丽而又宁静的风景，对我的心灵产生了巨大的震撼和等待。于是我恨不能马上与她一同骑着一匹白马沿着河边散步，闲着的时候就让那匹灵魂的白马去河边吃草，阳光洒在它的身上，包括我们的身影都被拉得很长，那是多么富有诗意的浪漫等待。

频频回首的人们好像有什么心事，依依惜别于这片绿水青山，恨不能早日走出这条山路，或者直接向上飞升。点点滴滴的雨水融入河流，变成了许多的鱼，据说人的前身也是从鱼演变而来的，如今只是还鱼如鱼而已。山坡上还有什么要绽开吗？很显然，大山深处暗藏着一股暖流，正随着季节上升，一起涌上天空。

没想到的是，她的到来让我看透了季节的变化。原来循环往复的心事，也需要向上或者向下探视；真正的悬崖是在心底，河水最深的地方离人心最近。仰望天空，我已经懂得了美的欣赏，哲学的高度其实并没有高度可言。我的心中不由自主地想要唱起一首没有任何主题的歌，水漂过的声音很快就入梦了……

擦肩而过

有一些东西，总是在不经意间与人擦肩而过，似有若无，好像无关痛痒，可是，当你稍微留意后，马上就会有一种非常可惜的感觉，但又说不清到底可惜在哪里。或许，应该就可惜在"擦肩而过"这四个字上面。的确，人生当中有许多东西与人擦肩而过后，从此再也不回头，一如落日绝情般的潇洒。

举个例子，某人为了过好日子，每天不停地忙碌着，拼命地工作着，后来确实也实现了预期的愿望，却因此与一些东西包括爱情一次次地擦肩而过，最后孤零零的身影被夕阳一再拉长，这种内心的凄美，确实会给人以一种隐隐作痛的感觉。

再举一例，一个人从一座城市来到另一座城市，或从某山区来到某座城市，为的是等待机会，飞黄腾达，或实现人生的某个重要的转折，可是，机会一次次的擦肩而过，他失望了，也衰老了，于是就感叹命运捉弄人。

在机会面前擦肩而过确实是人生的一大遗憾，也确实是一种美丽的忧伤。不过，话说回来，在现实生活中，人们并不会太过注意这种擦肩而过，只有当长长的叹息伴随着某个人时，才会感到孤独和遗憾。不过，现在我所要讲的擦肩而过，并不停留在对这种人生喟叹上。从某种意义上讲，诸如此类的人生感叹，要么太多愁善感，要么太老掉牙了，不必多提，否则，人就会被某些情感所束缚。

我所要讲的擦肩而过，主要是指那种不经意的存在，或某种不经意的错过。而每一种不经意的存在和错过，并不是一个感叹词，也不是一个感叹号，而是指人的某种经历，或流动在人际关系中的某种匆忙和邂逅。现实中，还有一种表情比冷漠还冷漠，好像世间上每一个个体都是独立的一样，其实不然。

可以说，每一个个体联合在一起就是一个整体。也就是说，可以把每一个个体都看成是一个整体的一部分或一个组件，缺一不可，这就是生命和生存的秘密，也是自然界之所以能往复循环的根本原因。但是，人活在世间注定要与许多事情擦肩而过，人与人之间也一样，不可能每个人都认识，也不可能与每个不相识的人打招呼。或许，这就是人与人之间生存的局限，果真如此，实在是造化弄人。

人如果能在经历每件事情，或与每个人邂逅的时候，都留意一下或打个招呼，说不定机会就来了，缘分也到了，这应该算是经验之谈吧。因此，我要说，其实这并非完全不可能的事情，关键是人的内心有太多的挂碍，如果能抛弃这些挂碍，相信人就会变得轻松和快乐起来。可是，人有可能抛弃那些挂碍吗？显然是不可能的，这就是人始终飞不起来的原因，不过，我相信，人总有一天会飞起来。

其实，不管你是哪里人，也许你是来自某山区，也许你自小成长在都市里，其实都是一样的。我们每个人每天都要和许多事情、许多人擦肩而过，这是没办法的事情。可是，难道我们不会首先学会留意一下吗？假如你学会了留意，那么，至少说明你已经是个有心人了。如果你还学会了与陌生人打招呼，那么，你将很快修得功德圆满，至少已积下许多福缘。这样下去，离飞起来就不远了。

关于爱情方面，擦肩而过的事情则更多，因此留在心底里的那种痛也会更多一些，尤其对女性而言，似乎更是如此。除了爱情之外，还有一种眼神更加值得关注，那就是关爱。我认为，人应该多一些关爱的眼神，这样世界就一定会更加美好和温馨。可是，我发现，现实中许多关爱的眼神也与人擦肩而过。举个例子，我们常会遇上一些值得关爱的人和事，可是我们擦肩而过，好像事不关己一样。

其实，这是非常不应该的，因为今天你忽略了身边的某件事情或某个人，哪怕是途中的某个事物，同样的道理，别的人和别的事物也会同样与你擦肩而过，这样你的人生就会留下更多的遗憾，灵魂也会因此受到更多的扭曲，从而有一种痛的感觉。错过，不管是有意还是无意，都有可能意味着某种永远地失去，尤其是灵魂。当人的灵魂因为种种原因而受到扭曲的时候，那么，这个仇就冤定了。

说到灵魂，虽然是虚无缥缈捉摸不定的，但是，灵魂与灵魂之间也常常互相擦肩而过，这是真的。也许，人们很少会去想这件事情，或很少有人会去感受和关注它。即便有，也可能只是瞬间的事情，即便停留的时间长一些，也可能因为种种原因，或畏惧或摸不着头脑而随风飘逝而擦肩而过，这也是很遗憾和可惜的事情。当然，灵魂是什么？其实谁也说不清楚的，但也并非完全不可说或无法说。

其实自然界也是有灵魂的。可以说，空气和阳光还有种种大自然的气息就是自然界的灵魂。此外，大山就是自然界的骨头，道路和河流就是它的筋脉或血管。说到这里，我想起了某本医书上有这么一说，人之所以会有痛感，会衰老乃至病亡，就是由血液流通不正常造成的，灵魂在生命的枝头上颤抖，然后随风飘荡在空中和山野间，这是多么可怕的事情，同时是很自然的东西，属于自然的规律。

灵魂与灵魂擦肩而过，其实本来也是很正常的事情，和现实中的一切并没有什么两样。但我所看到的灵魂往往是孤独的，而且是冷漠的，有时候甚至比孤独还孤独，比冷漠还冷漠。灵魂在飘向自己的天堂时，往往是迷惘的，就像民间所说的无主孤魂一样。事实上，灵魂是很寂寞的，即使遇上别的灵魂，也可能因为互相陌生或者互相困惑而擦肩而过。灵魂飘向天堂的路其实也是很挤的。我还看见过有些灵魂也喜欢打哈哈，却像个聋哑人，只见其影不闻其声，很滑稽的样子。

不过，一般地讲，灵魂是看不见的，要想看见灵魂必须用思想。也就是说，只有当你的思想长出眼睛时，你才能看出灵魂的模样，灵魂与灵魂擦肩而过的情形你才能看清楚。当然，也有一种灵魂是不必用思想的眼睛去看的，有些灵魂会像云雾一样出现，稍后就消失得不见踪影了，这正是灵魂不可捉摸的地方。

正因为如此，灵魂与灵魂之间其实也是需要学会互相问候，互相关心和关注，甚至互相取暖的，只有这样灵魂才不至于太孤独和冷漠。但是，谁能使唤自己的灵魂呢？说到底还是不可能的，或者很难做到的，更何况是别人的，但每个人还是要努力学会使唤灵魂的本事。譬如，有时候，人在做梦的时候，或许就是人的灵魂出窍的时候，这个时候，如果每个灵魂都能在梦中互相问候，多好。

回到现实中来，我们每天都和周围的一切擦肩而过，实在是很可惜的。尤其是当我们看见许多人为了生活得更好，拼命去赚钱，以至累得失魂落魄，实在是得不偿失。当然，赚钱不是一件坏事，但假如钱赚到了灵魂却没了，就很可惜，就很不值得，毕竟人不只是为钱或权势而活着，获得灵魂的快乐最要紧。

我希望，有一天能够和灵魂席地而坐，谈古论今，谈天说地。也就是说，我希望，每个人都能多长几个心眼，不要与周围的一切擦肩而过，包括灵魂，岂不快哉？而我也相信，灵魂与灵魂之间也是可以席地而坐的。当然，这不应该是一种妄想。真正有心眼的人，每天早晨起床，一定会先揉一揉眼睛，然后冲着灿烂的阳光微笑，而每临夜晚，也一定会伸一伸懒腰，然后进入梦乡与灵魂对话。

非常道

老子是一个人，也是一个神，同时是一种传说。

我想到了中国的道家思想，想到了中国的道家始祖——老子。老子穷极自己的一生，留下洋洋五千言，足可震慑古今中外。据说，老子的《道德经》发行量中国第一，我完全相信，而且相信未来会被更加重视，这似乎也成了人类的某种宿命。

有一天，理氏在村头的河边洗衣服，忽见上游漂下一个黄澄澄的李子。理氏忙用树枝将这个拳头大小的黄李子捞了上来。到了中午，理氏又热又渴，便将这个李子吃了下去，理氏因此怀了身孕。生下来的这个人无疑便是老子。后来，老子以"道"来解释宇宙万物的演变，《老子》曰："道生一，一生二，二生三，三生万物。""道"乃"夫莫之命（命令）而常自然"，因而"人法地，地法天，天法道，道法自然"。老子就是这样奉劝世人要遵循自然规律，可谓大彻大悟。

老子是人，也是神。但无论是作为人的老子，还是作为神的老子，他都是最懂也最能理解自然的人或神，同时也是第一个感受到自然的力量的人或神。老子苦口婆心奉劝世人要尊重自然，遵守自然规律和法则，可是人类至今尚未理解他的语言真谛，哪怕在巨大灾难面前尚不能醒悟，也许这一切也是一种天命，当人类顿悟的那一天到来时，自然已经无法挽回力量，摧毁只能变成另一种可能。老子在《道德经》里说："道可道，非常道。"不知其中的"道"有多少种解释，但这目前其实并不重要，重要的是，人类有没有真正用心去理解，如果只是停留在一知半解中而放弃，那么何时才能顿悟呢？当然，这是十分不容易的。

顺天应人应是老子思想的核心精神，师法自然是他教给世人的办法。老子带领人类走向自然并学会敬畏自然。人类的灵魂也因此受到了自然强烈的震撼，这正是老子伟大的地方。不过，在现实世界中，老子往往被误解为是一个"无为"的人，老子奉劝世人要"无为"，统治者更要懂得"无为而治"，可是这"无为"二字的学问实在太高深了，以至让世人和统治者似乎都无法接受。其实，老子本身并非"无为"，而是大有作为，否则，洋洋五千言何以能震慑古今中外，《道德经》发行量又何以能居世界前列，足见世人对老子存在误读。

老子的一生，来无影去无踪，其从没有进官场的想法，也从不涉及任何是非当中，来于自然又回归自然，这是他被神化的主因。不过我想，现实中的老子有可能是一个智者，只因日夜游玩于自然山水当中而获得顿悟。后世者追随老子思想的人大有人在，可是至今未见真正衣钵继承人，或许，所有追随他的人都是他的门徒，不在乎谁是谁非，但是，谁又能玩山水于出神入化当中呢？

老子就是这样成了一个与自然同在的人和神。

老子之后的孔子，也是一个大圣人，可是孔子对自然充满着敬畏，这是他和老子的差别之处，所以，孔子是人不是神，食人间烟火。

老子教会了世人懂得敬畏自然的道理，孔子利用这个道理，告诉了世人应该学会敬畏自然。显然，孔子是从老子那里获得了对自然的启悟，同时运用于对人的教化。有一次，春秋时鲁国诸侯季氏大夫想去泰山祭祀，孔子知道后讽刺他说："像你这样的人，怎么能有资格去泰山祭祀呢？"由此可见，孔子对泰山是充满着敬畏，并顶礼膜拜的。泰山历来被中国人视为神山，尽管孔子是一个大圣人，但他无法超越对自然的畏惧。从某种意义上讲，泰山只是自然界当中的一座山而已。

既然说起泰山，也有必要说一说历代帝王泰山封禅的事。

历史上第一个到泰山封禅的皇帝是秦始皇。秦始皇当然不如孔子伟大，但秦始皇毕竟是中国历史上第一个皇帝，而且是一个开天辟地的皇帝，所以值得一说。据《史记·封禅书》记载，公元前219年，秦始皇统一了中国后，从泰山之阳登上了山顶，并在泰山之上刻石记述自己的赫赫功业，同时完成了封禅大典。当年的石刻如今依然保存在岱庙之中。不过，有关秦始皇泰山封禅的典故很有意思。据传，当年秦始皇为上泰山封禅而伤透了脑筋，于是征召旧鲁国儒生博士七十人，到泰山脚下议论封禅之事，经过一番激烈讨论之后，诸儒生达成一致看法，对秦始皇说："古帝王封禅皆用蒲草裹用车轮，不恶伤山之土木石土，扫地而祭，礼仪简单。"秦始皇一听，大为不满。心想，自己建下千古功业，岂能如此草草而行？二话不说就赶走诸儒生，接着下令军队修车道直通山巅，然后浩浩荡荡地乘辇而上。可是，这一路并不顺利，行至半山时，忽然天降大雨，寸步难行，恰路边有一棵大松树，秦始皇忙慌慌至树下避雨，正在这时，只听松树神对秦始皇说："无道德无仁无礼而得天下，妄受帝命，何以封？"稍后雨停，秦始皇继续登泰山，回来后立刻赐封那松树神为五大夫松（五大夫为秦爵第九级），以谢遮雨之德。始皇毕竟是一代帝王，把对自然的敬畏转为权力的使用。

大史学家司马迁从《管子》中共找到了十二位皇帝泰山封禅的记载，可见，泰山封禅已经成为历代帝王心中的一件大事。其实，在秦始皇泰山封禅之前，黄帝、伏羲就早有泰山封禅的记载，可见，华夏民族自古就懂得了敬畏自然。至于为何要泰山封禅，虽然各有一大套冠冕堂皇的理论和口号，但无论如何，泰山封禅实际上就是敬畏自然的表现，尽管各有各种不可告人之目的，民间有人把秦始皇之死跟泰山封禅联系起来，真的是有些牵强附会。据传，公元前210年，泰山前坠落一大块陨石，上面刻有秦始皇的字样，不料果然应验，就在这一年，秦始皇死于东巡归途中。用历史的眼光来看，秦始皇也算是一大帝王，但他同样臣服于泰山。无论如何，自然的力量是万万不可小视的。事实证明，泰山之于历代帝王也有许多说不清楚的畏惧，而这畏惧与其说是来自泰山，不如说是来自大自然本身。

当然，从表面看，历代帝王泰山封禅只是一种形式，实质上是对自然表示敬畏和臣服。正常情况下，自然的力量是看不见的，但当你看到或感受到自然的力量时，不可抗拒的事情已经发生，并无可挽回，这就是自然的力量。进一步说，自然的力量是神奇的，老子因为理解了自然的力量而提出警告，孔子因为知道自然的力量而产生畏惧，历代帝王如秦始皇等登泰山封禅实际上也是一种敬畏。

可悲的是，秦始皇至死也没真正弄懂为什么要泰山封禅，连一代女皇武则天尚且敕使道士东岳先生郭行真到泰山建醮造像，并立碑纪事，该碑双石并立，世称"鸳鸯碑"。可见，在自然面前，没有人可以真正超越，而老子实际上已经成为传说。可以肯定的是，古人拜山是有道理的，至少表达出对自然的敬畏。

总之，老子让人神会，孔子让人意会，而秦始皇让人省思。

穿越

时下流行一个词叫"穿越"。何为穿越？通俗解析是指某人物因某原因，经过某过程（也可以无原因无过程），从所在时空（A时空）穿越到另一时空（B时空）的事件。同时，穿越也是一种户外运动。物理学解析认为，穿越并不仅限于回到过去，也可穿越到未来，或穿越到平行空间、平行世界、平行宇宙，或是同一时空同一时代，A穿越到B身上，还有可能空穿，穿到一个没有历史记录（架空）的时代，还有可能穿到异时空（玄幻文明、仙魔文明、奇幻文明等），也可以说是在千分之一的概率下掉进了黑洞的时间误区，导致时间错乱。如此一来，穿越相当于打破了时间的桎梏，开启属于自己的秘密通道。

关于时间，关于穿越，确实给人留下诸多神秘的哲思。大胆一点进行假设，时间其实是可以不存在的，一切的一切只是一个过程而已。也就是说，假如我们先不去考虑时间的存在，那么这世界是否就不存在呢？显然是不可能的，这样一说，时间确实是可以不存在的。假如时间真的不存在，那么，过程就成了衡量的唯一标准。也就是说，白天和夜晚成了过程存在的唯一模式，那么，反复出现的模式又说明了什么呢?这就是新的生命哲学命题。而关于时间的有趣问题,生活中也有诸多例子可以印证,譬如几乎每个人小时候都喜欢听人讲故事,而故事本身就是非常有趣的,因它会带你进入故事情节之中而不自知,这就说明故事把你带入了另一空间,也就进入另一时间轨道。还有,一个人,一边走路,一边思考,这个人同时进入了两种时间。走路是一种时间,叫物理时间,思考又是另一种时间,属于暗时间。不走路时也一样,思考是一种进入的方式。这就是暗时间所创造出来的神奇。教授和专家通过授课教会人思考,而人一旦进入思考,暗时间之门就被打开了。作家了不起的一个原因就在这里,要么通过故事引人进入另一空间,要么通过哲思令人进入思考,从而开启另一扇暗时间之门。那么,暗时间又是什么呢?

其实,万物的生长和人类的繁衍也是一样的。从花开到花谢,从出生到年老,包括春夏秋冬和日夜循环,都是属于自然规律,谁也无法改变。这是物理时间造成的。反过来,人在思考时,就增加了生命的长度。人的思维可以穿越百年千年万年,甚至无极,既可以回到史前也可以提前进入未来时空,并把想象的世界描绘下来,还可以通过各个领域进行探索,这就是暗时间的神奇之处。暗时间会让人产生某种敬畏。暗时间同时也转移了人的生命,进入另一种生存状态。

人在做梦的时候,也可以打开暗时间之门,只是有可能是无意识或潜意识。日有所思夜有所梦的道理就在这里。人在思考时,是有意识的,也潜藏另一种可能。还有一种情况更为特殊:人在暗时间里可以不死,譬如古今中外那些圣贤就是如此。也许他们的物理时间并不比别人活得更长,但他们在暗时间里活下来,达到精神不死的高度。昔日秦始皇渴求长生不老之药,没找到法门,但是他最后通过另一种方式进入暗时间，从而达到不死的目的，这就是一种意外。

古代神话世界里，伏羲和炎黄二帝成了华夏文明的精神象征。之后的孔孟诸子，包括那些名垂青史的中国古代圣贤，莫不是通过暗时间活在现代人当中。当今许多贤人日后也可能继续活下来，活在暗时间里。举个例子，现实中有人用 10 年或 20 年乃至更长时间才能领悟出一个道理或一句话，有人在瞬间就将它讲出来，而讲出来的那个人，一定就是一种有能耐的人，其通过暗时间积蓄下来很多能量。当别人在消耗物理时间的同时，其进入到了暗时间空间里积蓄自己的能量，这样才能有一句顶一万句的可能。再譬如，有些人跌倒了才知道痛，有些人痛过了就忘了，还有些人一直跌倒一直爬起来还不知道为什么，这就叫混沌，或犯糊涂。其实，这是对暗时间无法把握的缘故。

有意思的是，孔子生前创立儒家学派，成了儒家学派的创始人，后来周游过列国，他的思想对后世影响很大，被公认为中国古代第一位大思想家、大教育家，如今孔子还活着。据悉，目前在纽约时报广场户外显示屏上，就有一幅水墨动画，充分展现孔子"复活"的形象——他笑意盈盈地作揖行礼，谦谦君子之风传递给每一位与他"相逢"的路人。而遍布全球五大洲的孔子学院，更是让中国的语言文化在世界焕发出生机。2500 多年后的今天，孔子学说成了中国人周游世界的通行证，孔子用自己的思想向世界问候。这是中国人的骄傲。

说到这里，大致应该明白了吧？孔子思想不只是一种学说，他还创造了巨大的思维空间，让后世人去穿越，孔子在暗时间里继续周游列国，并向世界问候，这就是他的伟大之处。然而，令人遗憾的是，对于一个不善于思考的人是进入不了暗时间空间的。这样说，有些人可能还不太理解，认为自己投入的时间并不比别人少，为何有些人可以活在暗时间里而自己却不能？其实，投入时间的多少并不等于思考的多少，思考的方式和结果也是有差别的。整天胡思乱想的人虽然也进入了暗时间里，可并没有产生作用，或者说并没有吸收能量，所以，这种投入等于无意义。人在做梦的时候虽然也进入了暗时间空间，但醒来以后什么都忘了，能记住的东西大抵也是毫无意义的，它可能只是日常生活中压力的排解。当然，梦的无意识或潜意识有时也可能出现奇迹，这是事实。暗时间总是会给人以意想不到的梦幻效果。

时间，是可以让人产生错觉的。相信有些人会这样想，活着的时候，你一天我也一天有什么差别，关键就在于谁活得比别人好，比别人有质量。这话说得多好啊，可是我禁不住要问，啥叫活得比别人好，比别人有质量？我们不得不承认，现代人活得越来越现实，越来越不喜欢那些被自己认为虚的东西。譬如说，社会上的人普遍认为，钱够多就一定比别人活得好，活得有质量，或者，吃喝玩乐的东西比别人多就是活得比别人好，比别人有质量，最经典的一句话就是"有福气的人多享受"，这又是多么好的一句话呀。然而，我禁不住又想问，啥叫福气？啥叫多享受？告子说："食色，性也。"真是如此吗？不妨多加思考其中的内涵和外延。我觉得，圣人之所以能成为圣人，是因为他能把日常生活中的琐事提升到哲学的高度，这样他手中就多了一把打开暗时间之门的钥匙，从而获得精神上的永生。

时间既是一面镜子，也是一条河流，或一条轨道。时间也是可以用来计算的，也是无法计算的，可以计算的时间如年月日一样。无法计算的时间，如人的想象，或进入梦境。人的想象一旦进入另一空间，就等于进入暗时间阶段。时空隧道永远对人类和宇宙敞开，因此，人类要学会延长自己的生命，而延长自己生命的最好方法，就是要学会思考。有的人看书时很快进入状态，有的人始终模模糊糊，进入状态就是一种思考的模式。当然，看书并不是唯一进入暗时间的途径，任何领域的探索都会带领人进入暗时间轨道。只不过进入暗时间轨道以后，又是如何吸收能量和保持状态是另一种考验。相信，人类有足够智慧可以应用。暗时间实际上是一道极其神秘的力量。

现在人就想把暗时间当成某种电脑程序来复制。程序员说，一台电脑搁置在那里，没有人用它等于没有价值，有人用它才有价值，这是有道理的。人的大脑其实也一样，不会思考的大脑只有等待物理时间去淘汰。当然，真正懂得并善于思考的人并不多，或者说，能够思考出有价值东西的头脑其实不多，绝大多数人的头脑思考出来的东西都是琐碎的、凡俗的，因此很难成为出色的人原因就在这。但是，人要懂得并善于思考是应该的，否则社会就不会发展，生存也无意义。

其实，思考不拘于方式和形式，对于一个善思考之人随时随地都可能会有奇思异想出现。阅读也是思考的一种方式，通过阅读达到思考的目的和意义。也就是说，人可以通过阅读诸如《道德经》《论语》《红楼梦》等古典名著进入思考。当然，如果只是机械性阅读，缺少思考也是很可惜的。一个善于思考的人定能创造出自己的生命价值。

另外，思考还可以行善，这可能是许多人没有想到的。当一个人在思考时，其自身的智慧受到启迪不说，其思考的状态所营造出来的氛围本身就是祥和的，有互相引导的作用。假如思考的结果还能影响更多的人，那么其意义和价值就更大了。我相信，人通过思考可获得快乐并修成正果。当然，思考首先是一种态度和姿势，其次才是人生观和价值观的体现。总之，思考可以创造生命价值。

作家手稿

　　1900年，一批又一批的欧洲人，还有美国和日本人悄悄地来到敦煌莫高窟，然后从那里拣走了大量的宝贝，而引狼入室者就是那个王道士。不可否认，敦煌莫高窟藏经洞的发现者是王道士，可当他把里面的宝贝拿出来分赠给肃州兵备道廷栋及本县官员乡绅时，就注定一场浩劫要到来。果然，一群来自欧洲、美国和日本的"狼"簇拥而至。但我现在想到的不是这件事，而是那批宝贝里有大量用毛笔写（抄）的经书，这些经书确确实实是真迹，可谓稀罕之至。

　　于是，我又想到了作家手稿的问题。众所周知，当今社会已进入电脑时代，作家们都用电脑写作，作家手稿越来越少了。据笔者所知，像贾平凹这种不用电脑写作的大腕作家已经很少了，因此，作家手稿越来越稀罕是可以肯定的。笔者沽名钓誉，也自称为一名作家，便于用事实说话，尽管我对键盘还很陌生，几乎都用手写版写稿，但现在的我基本不用纸笔是事实，因为用起来方便，收藏也方便，不在话下。或许，这是大势所趋，必然的一次手稿革命已经到来。

　　历史证明，中国已有五千多年的文字史，字迹的留存本身就是一种文化，也是一个进化的过程。从旧石器时代，用硬器刻在石头、龟甲上的象形文字（甲骨文）到新文化运动中用毛笔、钢笔在竹简、纸张上写下的篆文、隶书、繁体字、简体字等，都可以看出字迹留存宝贵的一面。可是，如今字迹的留存越来越少了，连作家手稿也越来越少，这到底是好事还是坏事，一时之间，实在也很难说得清楚。从字迹留存来看，毫无疑问，作家手稿是十分宝贵的，也许再过百年、千年以后，新的敦煌莫高窟藏经洞会被再次发现，那个时候，其价值可能更加无法估量。但是，如果那个时候，挖掘出来后只是一部电脑或一堆U盘的话，且不说这电脑和U盘还能不能用，即便随着高科技的发展，还原技术达到无所不能的程度，但再也找不到墨香了，那这是不是一种千古遗憾呢？

回过头来讲，现在已经是高科技时代了，假如作家舍电脑而依然用毛笔或钢笔写作，是不是也是一种遗憾或保守乃至退化呢？如果只是为了保留墨香，使用毛笔或钢笔，甚至退回更久远的甲骨文时代，岂不更有神韵？可见，作家手稿确实是一件让人无法释怀的事情。尽管如此，我始终认为，作家手稿是一笔文化遗产。据了解，现在收藏界已经对作家手稿越来越青睐了，或许，若干年后，作家手稿也会像字画那样被炒作起来。当然，炒作未必是一件好事，但也很难说。据说，目前国内已有上千人从事作家手稿收藏，如陶铸的信笺，魏巍、李尔重的手稿。"越是名家，手稿越值钱。"某收藏家如是说，并认为，卓有成就的作家手稿是一种稀缺资源，因为作家手稿大多是孤本，全世界仅此一件，收藏价值非常高。但收藏家们同时也认为，作家手稿升值有两个前提——"名作家"和"手稿"，缺一不可。由此可见，收藏作家手稿的时代也已经来临了，这是件好事。

还有一点值得一提，当今社会因流行无纸化办公，以后就别指望见到书法韵味的了，即便钢笔字，也没有几人能写得大方、潇洒流畅了。现在，连年轻博士们，写字也已经让人不敢恭维。所以，作家手稿变成珍贵收藏品不奇怪。据说，茅盾、巴金、老舍、丰子恺、郑振铎、叶圣陶的字，无论毛笔还是钢笔，都要一纸千金万金，北京潘家园的小贩都非常懂行。而无纸化写作，更使许多作家没有手稿。钢笔取代毛笔，无纸化取代手写，革新带来的方便，又让人们难以忘怀一些事物。然而，风水轮流转，作家手稿掀起收藏热不能不说是一件很有意味的事情。

　　日前，中国作协书记处书记、副主席高洪波说：我看到胡适的手稿"前度月来时，仔细思量过，今夜月重来，独自临江坐……"，还有冰心的手迹"有了爱就有了一切"，都有非常亲切的感受。现在，作家的手稿越来越少，也越来越珍贵了。互联网时代，手稿被歧视，编辑如果收到的是电子版，会很高兴，省劲；如果收到的是手稿，不免要嫌烦，还要重新打字……看来，作家手稿逐渐成为稀有产品也是有原因的，同时处于矛盾体之中，一方面希望看到作家手稿，另一方面又嫌烦，说不清的情感纠结注定了未来作家手稿的必然命运和悲喜剧。

　　无论如何，收藏界看重作家手稿肯定是有道理的。收藏界有一句金科玉律，就是物以稀为贵。作家手稿越来越稀少就是被看重的主要原因。不过，以笔者之见，收藏界的说法和看法更多的只是看重其表面的价值，而不是内在的精神食粮。我认为，作家手稿的重要性和宝贵之处应该在于其亲和力和历史见证。当你翻阅一部作家手稿时，其实是在还原作家的生活和经历包括情感历程。换句话说，作家手稿其实只是一堆符号而已，但通过它可以看见作家乃至那个时代的喜怒哀乐和历史变迁，作家的一笔一画仿佛就像雕刻师一样，雕刻着那个时代的内心生活和精神面貌，这样的字迹就应该被保留并视为文化遗产。有人说，一部作家手稿，就是一部作品的创世纪。其实，何止如此呢？简直可说也是一个时代的缩影。

再举个例子，在第二十届香港书展中，张爱玲和梁羽生两位文学大家的手稿真迹引起华人世界极大的关注，其实这是意料中之事。张爱玲的《小团圆》《对照记》《倾城之恋》受到疯狂追捧，证明了作家手稿的魅力所在。见过张爱玲字迹的人都知道，她的字迹十分娟秀，即使修改后涂上墨团，整个稿纸也看起来干干净净，十分悦目。通过它可以切身感受到一个作家内在的情感世界和洁身自好的个性和喜好，其实也可以把它视为作家全部生活的投影，因为作家的精、气、神和品性都在里面。武侠大师梁羽生的《白发魔女传》《龙虎斗京华》《女帝奇英传》等堪称绝唱，字迹遒劲有力，极富激情，可以从中感受到作者书写时激情满怀的状态，这样的手稿没有不被喜欢的道理。进而思之，当今时代，如果有人能够找到孔子字迹，或李白、杜甫字迹，那么，其价值必定是无法估量的。可是，作家手稿越来越稀缺，总是那样让人无法释怀。

我又想到了那个敦煌守窟的王道士。当他打开藏经洞的一刹那，我仿佛看见一道白光冲天而上，而这位王道士却是盲目的，也许他在敦煌守得太久了，对于精、气、神的存在早已经麻木，所以才会把那些稀世珍宝当成普通玩物随意赠送他人，从而引狼入室。但无论如何，他也算是刺痛了中国人对古文化保存的神经，如果没有他，中国人可能没有那么快猛醒过来。另外，如果不是因为他，敦煌藏经洞可能至今还在睡觉，而这到底是好事还是坏事呢？不妨换个更宽广的胸怀来想，那些被"狼群"搬走的宝贝，其实并没有消失，只是换个地方换个人换另一种方式保存而已，但无论如何，物归原主应是人世必须遵守的信条。

回过头来又想，既然作家手稿已成一笔文化遗产，那么，该如何进行保护呢？国家是否也要制定相应措施，保护这些有价值的文字，以留给子孙后代呢？当然，民间收藏也是一部分。此时，历史的天空中仿佛回响着一种悠远的声音，有如洪钟大吕，又像那朵朵浮云，同时像那变幻着的日月星辰，而现代人的仰望，不应该只是一种姿势，更应对作家手稿的历史价值和意义作一次深刻的思考。

感
恩
是
岸

也许还有许多人不知道，中国有一块"感恩"福地，可以被视为感恩文化的发祥地，其就在海南省东方市。据记载，海南省东方市原名叫"感恩县"。东方市在汉武帝元封元年（前110年）开始置县；隋炀帝大业三年（607年）正式命名为感恩县，以感受恩水为名。可见，认为感恩节为美国人独创的一个古老节日，实在是个误会，也是个无稽之谈。此后，中国人不应该再把"感恩"当成舶来词。

相传很久以前，在当时的东方市俄贤岭有个石洞，里面有一只乌鸦精，经常出来吞吃家禽，作践庄稼，还到处抢掠美丽的少女，弄得周围黎民百姓人心惶惶，不能安居乐业。一天，美丽的黎族少女俄娘上山采野花，被乌鸦精抓到洞里。俄娘的心上人阿贵悲恸欲绝。这年"三月三"，阿贵带尖刀弓箭上山救俄娘。在山上跟乌鸦精进行搏斗，因功力不敌，被乌鸦精害死了。俄娘闻讯万分悲痛，发誓要杀死乌鸦精。她不露声色，耐心寻找机会。有一天，乌鸦精远去归来十分疲倦，睡得鼾声如雷。俄娘悄悄走到乌鸦精身边，拔下头发上的锥子，迅速地扎了乌鸦精两眼。乌鸦精眼瞎了，在石洞里乱冲乱撞。俄娘趁机用阿贵带来的弓箭，一连三箭射进乌鸦精的心窝，为阿贵报了仇，为黎民百姓除了大害。此后，俄娘终身不嫁，可每年农历三月初三这一天都到石洞唱她和阿贵恋爱时唱的情歌。后来，黎族人民为了纪念和感恩俄娘，就把这个山洞取名为俄娘洞。此山也得名为俄娘九峰山，并在每年"三月三"这一天，周围未婚的黎族青年男女浓妆艳抹地集会于俄贤岭，唱着情歌寻找自己的意中人。此举逐年扩大并普遍到海南黎胞住区，成为海南黎胞盛大的传统节日。其实，一个美丽的传说，也需要怀有一颗感恩之心。

因此，我认为，海南省东方市每年的"三月三"，应该算是世界上最早的感恩节。感恩文化也是从这里出发的。从某种意义上讲，感恩二字其实就是爱心的繁体写法。人们可以从这种写法中找到人类最基本的情感和情愫。

再说，美国人的感恩节与基督教有密切联系。源于北美英国殖民地普利茅斯，该地居民于1621年粮食获得丰收后，为感谢上帝赐予丰收，举行连续3天的狂欢活动。不可否认，感恩节已成美国人的传统节日，而这恰好说明，感恩二字其实是全人类共同的财产，并不是某个国家的专利。是的，感恩需要一种宽容，也需要一种领悟，更需要一种提升。是的，感恩既需要一种境界，也需要一种坚持。

去过海南省东方市的人就相信，"走进东方，一山一水都是风景，一事一物都是文化，一村一镇都是历史"。实践证明，多年来，东方市为弘扬传统美德，彰显感恩文化、花梨文化，发展东方特色文化产业经济，不惜花重金要把感恩文化打造成东方市的文化品牌，这样做无疑是非常值得肯定的。一个懂得感恩的人必是一位有希望的人，一个地方乃至一个国家和民族也是如此。是的，感恩不应有国界之分，感恩属于人类，是大自然馈赠给人类的宝贵物质和精神财富。

记得，1969 年曾有一位军垦之兵到了东方市落户，他来之时带着一把自制的琵琶，他不仅喜欢音乐，还喜欢制作些乐器，因此对乐器的材质特别关注。有一次，他看到一位老工人卸下烧火木后手里还拿着一根木棍，树皮已经剥去不少，露出紫红色的木质，凭着直觉，他认定那木材非同一般。经过向老农工请教后知道那木叫花梨格，也就是通常所说的黄花梨，又叫降香黄檀，现在的市场价远超黄金。当时的黄花梨并不名贵，但他如获至宝，后来，几经周折，他和黄花梨结下了一段不解之缘，并亲手制造出了据说是至今为止中国第一把黄花梨琵琶。正因为如此，如今的他，只要一提起这把琴，便会百感交集。

是的，一句"感恩"，足以叩响上千年的福地；一句"感恩"，足以唤醒大自然的灵感；一句"感恩"，如春风化雨般孕育了人类的心灵和永恒的价值，尤其对于东方市的儿女们来说，更是如此。他们不但守卫家园，还学会了感恩自然、感恩社会、感恩父母、感恩亲友的美德。是的，今天的东方人已经超越了过去，懂得把最初的情感，也是最无私的情感上升为一种文明。是的，这就是东方人独特的感恩文明。而这种文明既是属于新时代的文明，也是历史的文明，同时是人类永恒的文明。可以肯定，当初的印第安人学会感恩，也是从这里出发的。

是的，从地理位置来讲，东方市位于海南岛西部偏南，昌化江下游，南及东南与乐东县接壤，北及东北隔昌化江与昌江县交界，西临北部湾与越南隔海相望，属于热带季风海洋性气候区，一年四季雨水充足，日照时间长，因此，这里是万物生长最理想之地。是的，过去海南岛有"天涯海角"之称，人迹罕至，但如今，已迎来了蓬勃的发展良机。实践证明，这么多年来，海南岛发生了日新月异的可喜变化，未来的美好前景已经出现，而这正是大自然之母恩赐给海南岛的福分，尤其是东方人，更是感受至深。欣闻首届中国海南·东方黄花梨文化节在东方市举办，故宫博物院里的黄花梨珍宝回归故里展览也即将在东方市召开，真是可喜可贺。

是的，只要拥有一颗感恩之心，就能够擦亮心灵，看到未来更加美好的世界。据了解，海南省最大的平原，就叫感恩平原。我想，如果没有一颗广阔的感恩之心，又如何拥有这么宽广的胸怀！是的，这里还有一条河叫感恩河，那汩汩流淌着的充满慈爱的河水，不正如母亲乳房里流出来的乳汁吗！是的，这里还有一座饱经沧桑的宋代感恩学宫，但不知有多少东方学子就是在她的启蒙下，闯出了一片新天地。是的，这里是感恩文化的摇篮，也是充满朝气和勇气的地方。

其实，对于人生而言，生命最初只是一张白纸，后来因为有了感恩之心，生命的脸色才出现了粉红，尔后，才有了美好而又幸福的人生。是的，大自然怀着一颗更为博大的感恩之心，阴阳的顺序和互补才会如此有规律地运转，自然生态才会如此平衡，只不过人类至今尚未能解开其中的秘密而已。不过，可以肯定的是，感恩之心，必是人类和大自然永生的法宝。是的，拥有感恩之心就会获得温暖。

是的，有人说，感恩是花，感恩是泪水。而我却要说，感恩是阳光，只要有阳光的地方，万物就会健康生长。是的，感恩更是一种心态，只要有健康心态，就一定会阳光普照。是的，人生有涯，生命无涯，感恩是个美好而又温馨的词语。

最后，我还想说的是，感恩是岸，从这里开始。

石器崇拜

石敢当，又称泰山石敢当，其实就是一块石碑，立于村头巷口，特别是丁字路口等道路要冲处，用于辟邪。当然，这是一种民间的说法，也是信仰习惯形成的。

关于石敢当，有这样一则古老的传说。泰山脚下有一位猛士，姓石名敢当，好打抱不平，降妖除魔所向无敌，豪名远播。一日，泰安南边大汶口镇张家，其年方二八的女儿因妖气缠身，终日疯疯癫癫，多方医治未见起色，特求石敢当退妖，当晚石敢当就吓跑了妖怪。妖怪逃到福建，一些农民被它缠上了，请来石敢当，妖怪一看又跑到东北，那里又有一位姑娘得病了又来请他。石敢当想：这妖怪我拿它一回就跑得老远，可天南地北这么大地方，我也跑不过来。干脆，泰山石头多，我找个石匠打上我的家乡和名字"泰山石敢当"，谁家闹妖气就把它放在谁家的墙上，那妖怪就跑了。从此传开，大家知道妖怪怕泰山石敢当，就找了块石头或砖头刻上"泰山石敢当"来吓退妖怪。后来，这种做法被民间流传下来。

当然，民间还有"晋朝将军石敢当""神医石敢当""李世民卫士石敢当""姜子牙石敢当"等传说。自古以来，有关石器崇拜的例子很多，而这正好反映了中国民间信仰的传奇色彩，包括对石器文化的信仰，同时也进一步证实了中国民间自古就有崇拜神灵的传统，也就是希望通过各种崇拜形式来达到消灾祈福的愿望。因此，石敢当的出现并非偶然。当然，中国民间信仰的形式和种类很多。而这些信仰可以说皆源自中国民间拜物教的兴起。是的，中国民间自古有一种理念，即万物有灵论，认为世间万物都有灵魂存在，都可能影响到人的生存乃至命运的形成。石器崇拜只是其中一种。当然，石器崇拜的风俗也各有不同，譬如石敢当的出现源于泰山，遍布全国，远播海内外，体现出其普遍性和独特文化内涵。据了解，在国务院公布的首批国家级非物质文化遗产名录上，"泰山石敢当习俗"榜上有名，这就足以说明这一民间信仰早已经深入人心并上升为一种文化。

按民间的说法，石敢当的作用是用来辟邪。宋代出土的唐大历五年（770年）的石敢当上就刻有"石敢当，镇百鬼，压灾殃，官吏福，百姓康，风教盛，礼乐昌"的文字。其实，早在西汉史游的《急就篇》里就有这样的文字："师猛虎，石敢当，所不侵，龙未央。"此外，元代陶宗仪《南村辍耕录》中也记载"今人家正门适当巷陌桥道之冲，则立一小石将军，或植一小石碑，镌其上曰石敢当，以厌禳之"。后面还有许多记载不必一一详述。总之，石敢当的功效从最初的压不祥、辟邪发展到驱风、防水、辟邪、止煞、消灾等多种功效，已经得到证实。

有意思的是，相传最早的"石敢当"是源自五代时的一名大力士，名"石敢当"，因在战争中护主战死，为了纪念，所以设立石敢当。后来，各种不同身份的石敢当有了一个共同的特点，即无论哪个石敢当都成了匡扶正义、除暴安良的楷模，并得到世人的尊重，遂镌石以纪念。

这就是石敢当作为民间信仰的积极意义所在。更有意思的是，无论哪个石敢当都是因石而名，并赋予超自然的法力存在。或许，这正是民间信仰的最大力量和永恒期盼之所在，同时也抒发出对英雄楷模的某种期待和盼望，包括某种热情和情感投入。这也是值得肯定的地方。

值得一提的是，随着中原人南迁，石敢当文化也南迁，而南迁以后的石敢当，发生了微妙的变化。譬如在闽南，石敢当的出现就不仅仅体现在一块石碑上，而是呈多种形态存在。有的化成石狮子，或以"四不像"形式存在，也有以非龙、非虎、非狮的龙九子之七狴犴同刻。所谓"四不像"，即头脸像马、角像鹿、颈像骆驼、尾像驴，故称"四不像"，也有其他"四不像"。但无论哪种四不像或哪种石敢当，都是以镇妖驱邪、增强人们的安全感为目的。

厦金两地的风狮爷堪称独特的人文景观，值得细加分析和研究。

风狮爷

风狮爷，又称石狮王、石狮公，实际上是一头站立起来的狮子，造型古朴、憨态可掬。它是从"石敢当"演化过来的，也是用来避邪的。

提起风狮爷，就必须说到厦门和金门，因厦金两地风狮爷堪称一景，尤其是在金门，可能是风狮爷崇拜最集中的地方。相信有心之人到金门去旅游参观，一定会发现，金门各个村庄路口、庙前都会有一尊披着红袍、高大威猛、精神抖擞的风狮爷，而且香火不断，构成了独特的人文风情，颇让人玩味。

据金门县政府统计，金门现存的风狮爷共有68座：金沙镇风狮爷41尊、金宁乡风狮爷8尊、金湖镇风狮爷13尊、金城镇风狮爷6尊。须知，金门县不足5万常住人口，而风狮爷却遍布整个海岛，确实是很有意思的地方。据悉，这些风狮爷造型是由庙宇门口的石狮形象演变而来的。庙宇确是民间信仰最集中的场所。

是的，风狮爷作为厦金两地独特的人文景观，是有依据和传承的。据悉，金门风狮爷信仰是从厦门传过去的，这也正是闽南文化的独特现象。如今，在厦门中华街区石顶巷就有一座风狮爷庙，据称，庙口那尊风狮爷已有六百余年历史，是厦金两地最早的风狮爷，多年来，每年都会有不少金门同胞从金门赶回厦门参拜。其实，这也是可以理解的，厦金两地相近的地理位置让他们有共同的风狮爷信仰合乎情理，充分表达了两地老百姓相近的信仰和寄托。

众所周知，厦金两地都是名副其实的海岛，尤其是金门，自古以来，饱受风患侵蚀，于是在各个村庄路口、庙前竖立风狮爷的石雕，以期镇风，庇佑百姓，驱魔镇风，符合民众心理需求，也是美丽得让人揪心的愿望。

有意思的是，狮子为百兽之王，主要产地在非洲和美洲，中国自汉朝引进狮子后，狮子的形象就被用作辟邪招福的辟邪物。这正是中国民间信仰最为独特之处。当然，亚洲也有狮子，但个头较小，而且大都生存在印度，中国虽也有狮子但可以说不多，尤其在南方更是少见，厦金两地几乎可以说是从来没有过狮子出现。可是，厦金两地人却愿意把狮子当成信仰之物，并奉为风狮爷。由此可见，民间信仰本来就是建立在大众内心的基础上，不一定是现实存在，而这恰好体现出人与自然乃至动物之间的关系。狮子作为百兽之王，人类对它产生敬畏并奉为信仰可以理解。据悉，不久前，"闽台风狮爷信俗"已被列入福建省第三批非物质文化遗产名录，这是个非常好的消息，以此推广，必能找回民间深层次信仰的依据和记忆。

回过头来，还有必要再说几个有关金门风狮爷的传说。据传，金门著名的陈祯墓自建立以来，面向的吕厝村即祸事不断，吕厝村的居民于是设立了风狮爷，面向陈祯墓，用来破解风水。而刘澳村的风狮爷，是用来镇水箭，防止水鬼作祟，保住钱财不被水带走。还有，位于山后村的风狮爷，面向西方，用来破解地势较高的中堡村住宅的燕脊的风水。

如此等等，无一不是在诉说人们对自然环境的重视和敬畏。当然，民间信仰本身就是一种心理积淀过程，视为某种心理暗示也行。

总之，风狮爷作为石器崇拜的又一种呈现，已经成为两岸文化和信仰的胎记和注解，从某种意义上讲，这也是历史赋予的使命，同时也是顺应民间信仰崛起的另一种召唤。相信，只要两岸携起手来，共同把民间信仰发扬光大，找回民族文化的核心，就一定能够找到共同的精神家园，从而获得超越与慰藉。

泱泱华夏，历来贤士众多，各有各的定数。

打江山时候必须用贤臣，守江山时候也必须用贤臣，贤臣时代来临的时候，自然需要更多的贤士，有的被重用，有的流落于民间，这很正常。正所谓："千里马常有，而伯乐不常有。"然也。

以史为鉴，可以知天下；以贤士为鉴，可以知历史。春秋时代，秦国只是一个偏僻的西部小国，因为秦穆公善用贤臣而使秦国迅速崛起并成为战国七雄之一，进而吞并六国而统一天下，可谓经典用人之道。

秦穆公用五张羊皮赎来贤士百里奚就是经典案例之一。

秦穆公五年（前655年），晋献公灭掉了虞、虢两个小国，俘虏了虞国的国君和他的大夫百里奚。百里奚被晋国俘虏后不久，晋献公把太子申生的姐姐嫁给秦穆公，百里奚作为陪嫁的奴仆被送到秦国。后来，百里奚从秦国逃跑到宛县，被楚国边境的人捉住。秦穆公听说百里奚是个贤士，想用重金将他赎回，但又担心楚国人不答应，便派人对楚国人说："吾媵臣百里奚在焉，请以五羖羊皮赎之。"楚国人答应了这笔交易，于是就将百里奚交给了秦国，这时候，百里奚已经七十多岁了。

百里奚确实是个人才，开始时秦穆公找他谈论国家大事。百里奚却推辞说："臣亡国之臣，何足问！"秦穆公说："虞君不用子，故亡，非子罪也。"正是这样，百里奚被秦穆公打动了，并开始为他举贤荐能，出谋划策，从而帮助秦国成为春秋霸主之一，并为秦国未来的发展奠定了基础。

从这点讲，秦穆公不愧为春秋霸主，而贤臣百里奚则是非常幸运的，算是遇上了明主，而自己的才能也得到了最好的发挥，但并不是所有的人都会有这样的知遇，即便有这样的知遇，往往也不见得有好的结果。

战国时期，秦孝公即位后，为了吸引各地人才为秦国效力，秦孝公下令："宾客群臣有能出奇计强秦者，吾且尊官，与之分土。"秦孝公也算是一个明君，他励精图治，发愤图强，对国内广施恩惠，赈济孤寡，招募战士，明确论功行赏的政策，因此天下贤士纷纷投靠，商鞅变法就是他最好的样板，不过，商鞅最后像一条丧家之犬一样死于秦惠文王手中并以车裂示众，这样的结局令人唏叹。

我以为商鞅之死，与其说是死于秦惠文王手中，不如说是死于自己手中。进一步说，其实是死于贤士本身命定的结局。一般地讲，所谓贤士，大都有一种怀才不遇的经历，渴望有机会、有平台能够让他展露身手、实现抱负，商鞅也是。

他听说秦孝公发出"求贤令"，便从卫国来到秦国，并通过秦孝公的宠臣景监三见秦孝公。他在秦孝公面前大谈他的富国强兵之策，并提出了帝道、王道、霸道三种治国之策，秦孝公对帝道和王道不感兴趣，只对霸道情有独钟，和商鞅"语数日不厌"。就这样，商鞅变法得到了实施，并在历史上留下浓墨重彩的一笔。

商鞅之死，死于他的"法"的推行。商鞅是法家李悝的弟子，"好刑名之学"，在推行新法的第一年里，秦国上千人跑到都城反映新法很难实施，甚至连秦孝公的太子也犯了法。商鞅说："法之不行，自上犯之。"他准备依法处置太子，但太子是国家未来的继承人，不能施刑，于是他就处罚了太子的太傅公子虔，并在太子的太师公孙贾脸上刺了字，结果第二天秦国所有人都执行新法了。

新法施行后，"秦民大悦，道不拾遗，山无盗贼，家给人足。民勇于公斗，怯于私斗，乡邑大治"。秦国很快强大起来，可是他却得罪了宗室贵族。秦孝公死后，秦惠文王即位，商鞅最后就死于"谋反"的罪名，实际上，他是死于自己的贪恋富贵上。当初，如果他听从好友赵良的劝告，把受封的十五邑还给国家，找个僻静的地方隐居起来，我想商鞅不至于落得如此悲惨的结局，这值得后世省思。

纵观历史风云，又有多少贤士贤臣能够真正看破名利呢？想想连孔子、李白、杜甫这些人都想要在官场上混个一官半职，只不过未能如意而已，由此看来，真正能看透名利并视之如粪土之人，古今中外只有一人，他就是道家始祖——老子。

孔子的塑像

　　年初，一座孔子塑像矗立于天安门广场东侧的中国国家博物馆北门前。近日，这座 9.5 米高的塑像被搬走了。前后还不到半年，多少让世人有点措手不及之感。

　　"轻轻的我走了，正如我轻轻的来。"这是著名诗人徐志摩《再别康桥》开头的诗句，世人都朗朗上口。这是一首爱情诗，诗人用很平静的心情写下很深沉的句子，多么难得的一种心态。如今，我也愿用这种心态来看待孔子塑像的出现和搬走。我想，世人何妨也用一颗平常心来看待。换句话说，世人如果能够用平常心来看待孔子的"轻轻的来"又"轻轻的走"，那是多么好的事情，能与孔子谈谈心更好。

　　孔子是我国古代伟大的思想家和教育家，儒家学派创始人，也是世界最著名的四大文化名人之一。按说，天安门广场矗立孔子塑像是可以的，之所以引起争议是因为自古以来我国的先贤太多，单纯一个"诸子百家"就足以让外国人眼花缭乱，其中老子在世人心目中的地位与影响力就不亚于孔子，甚至有过之而无不及，所以，天安门广场单纯矗立孔子塑像引来争议也是正常的。天安门广场毕竟不是国家博物馆，可以矗立众多塑像，因此将孔子塑像移至国家博物馆内是合理的。

不过，有人说，天安门广场本不该矗立孔子塑像，因为天安门广场毕竟是中国的政治中心地带，任何布局上的变动都会引起外界对于政治含义的解读。从某种意义上讲，我同意这样的观点，但是，同时也认为世人其实不必过多解读。其实用平常心来看待是一个国家成熟的表现。何况，孔子就是孔子，圣贤就是圣贤，他们都代表着中国人的精神核心，何必太政治化去解读呢？

以笔者之见，无论是孔子或者老子，轻轻以地来又轻轻地走，其实都不必太政治化解读，只当古先贤穿越时空回来走亲访友，或显山露水一下，与现代人面对面交流，该是多好的事情，其实本来就应该怀如此心态。何况，先贤就是先贤，本来就应该具有穿越时空的能力。事实上，孔子塑像的出现，不仅反映出现代人渴望瞻仰古先贤的那种心情，同时也是时代的一种需要，这也是圣人之所以能够成为圣人的原因。孔子是中国的圣人，世人瞻仰他并对他高度关注也是应该的。

因为，无论是孔子或者老子，抑或是其他先贤都会有其局限性，而其中有个人思想体系的局限性原因，也是不同时代和历史等诸多方面原因，但无论何种原因，其实也都是值得原谅并客观认识和对待的。孔子是人不是神，孔子思想有其局限性是正常的，任何再伟大的思想都会受到新时代进化思想的冲击，这是必然的，关键在于必须赋予新时代的意义和解读，这才是现代人必须持的态度。譬如孔子思想里有封建思想的残渣，这些东西放在今天来看肯定是过时的，但我们今天读孔子并非要全盘吸收与肯定，而是重温历史文化和思想的厚重与宽广，我们没有必要去否定或者拒绝孔子思想，但我们有义务和责任去亲近历史和先贤。

你轻轻地走，正如你轻轻地来。是一种心态，也是一种境界。孔子悄悄地来了，又悄悄地走了，本来就不必太惊动。有些人之所以太过紧张，就是因为把孔子看得太重了。现代人看重古圣贤没有错，但不必如此大惊小怪，这是现代人该有的态度和修养。越把古圣贤往政治层面拉，越说明现代人的不理智和不成熟。

子曰："天生德于予，桓魋其如予何？"意思是说，我孔子出生了，你骂我，你能把我怎么样？你不能说这世上没有这个孔子吗？所以，无论孔子塑像放在哪里，其实都是不重要的，因为每个中国人心中都有一尊孔子，赶也赶不走，赶不赶都一样，又何必太紧张呢？有个学者说得好，他说："有些人对立孔子像，欢天喜地，搬了孔子像如丧考妣，那就请你把孔子像搬到你家中堂里供奉，没有人反对你，公共场所，大道如青天，人人要观瞻，孔像不得独纂自立，这是天经地义的事，不必如此自作多情。"或许，其中也尚有不够客观的地方，但已经说出孔子的伟大了，同时也说出孔子的"如予何？"的心态和意境，这就够了。

针对此事，加拿大学者丹尼尔·贝尔分析称，孔子思想在中国复兴，是因为当今中国社会有不少问题需要得到解答，"人们越来越呼唤社会责任感，同时，他们也日益感觉到某种道德空白"。到底孔子像的出现是不是填补社会道德空白，我想这只是贝尔个人的观点而已，社会其实也没必要过多解读，毕竟贝尔只是一个加拿大学者，他对中国社会的发展和孔子思想的理解只能代表他个人。

也有外媒认为，孔子思想复兴有扩大中国国际影响力的背景。《环球邮报》报道称，为了在全球范围内增强中国语言和文化的影响力，在过去6年里，已经有多达320所孔子学院在96个国家建立起来，仅在加拿大就有9所。我想这些都是媒体语言，或者是孔子思想被误读和过度解读的铁证。当然，笔者也没有完全否认背后也有政治因素在起作用，若果真如此，或许也是另一种误读和过度引用。

美国诗人、哲学家爱默生认为"孔子是全世界各民族的光荣"。1988年，75位诺贝尔奖获得者在巴黎集会，会议结束后发表联合宣言，呼吁全世界"人类如果要在21世纪生存下去，就必须回首2500年前，去孔子那里汲取智慧"。世人可能至今还有许多人无法真正理解和体会其中的含意，包括可能的象征意义。总之，世界已经开始在主动感知中国文化，这是值得关注与重视的一种现象。

尽管如此，我仍然认为，孔子塑像出现在天安门广场以及被搬走，都不必觉得奇怪，更不必大呼小叫，让其悄悄地来又悄悄地走，就像老朋友一般，想来就来，想走就走，大家谈谈心，多好！如果世人皆能如此，那便是人类之幸也。子曰："吾十有五而志于学，三十而立，四十而不惑，五十而知天命，六十而耳顺，七十而从心所欲，不逾矩。"这就是孔子的平常心，也是他之所以伟大之处。

第二辑

姓氏的旗帜

姓氏的旗帜

　　万里烟波，几千年的足迹，历史的天空演绎着人类永无休止的迁徙故事和传奇，命运高举着姓氏的旗帜，猎猎向前进。然而，历史的车轮所发出的咕噜声已尾随尘土和烟雾远去。天空变成了时间的操场，白云放下的兵器还在阳光下闪闪发光。与此同时，我看见大地上长满了各种各样的藤蔓，正在延伸并丰富着人类的想象。而作为一个写作者和姓氏的后来人，站在山头，一边仰望着天空，一边俯视着大地，目光中历史的风云还在继续演绎着，这是多么深邃的一种观看。

　　近千年前，我的祖先跟随一群人马从中原地带浩浩荡荡南下，他们手持一把姓氏的旗帜从河北范阳猎猎来到了闽越之地——永定，沿途放养着赖以生存的牛羊，口中吟唱着姓氏的诗词和迁徙的歌曲。与此同时，各路不同姓氏的旗帜分散到各地并从此扎下根来，而他们经过一段时间的沉淀后，又从永定分出一支队伍来到了如今的平和县霞寨镇小坪地界。从此，这块土地就有了卢氏后代旺盛的血脉。

　　往前追溯，卢氏源于姜姓，因封地河南卢邑而受姓卢氏，秦汉时期卢氏子孙迁居至涿水一带后，定居在涿州市（今河北省涿州市），曹魏时置范阳郡而涿州市属之，后世遂称"范阳涿人"（即范阳卢氏由来），范阳卢氏在涿州世代耕读，子子孙孙繁衍生息，成为举世闻名的望族。南迁之后，才散落各地，开花结果。不过，说句实在话，现在我已经无法考证，我的祖先初来平和县霞寨镇小坪地界时，到底是怎样与本地土著民和谐相处的，或者说，是怎样与他们进行长期抗争才立足下来，也不知道当时的本地土著民，他们的后代子孙如今又都到哪里去了，因史料上并没有记载。或许，当时这个地方实在太偏僻和荒芜了，以至根本就没有所谓的土著民，只是一块空地，周围人烟稀少，我的祖先择水而居，从此繁衍下来。还有一种可能就是，当地少数土著因无力抗争，择善从流，从此和睦相处。但无论如何，相对于这块土地而言，我的祖先其实就是一群闯入者，而且是经过漫长的努力和痛苦的挣扎最后才安定下来。其他姓氏生存法则大抵也是如此。

也就是说，这块土地原本是寂寞的，只是祖先们到来以后才热闹起来，这一点可以肯定。换言之，虽然这里只是一个偏僻的小山区，但是，在此之前，中原大地的血液并没有流淌到这里，至少卢氏的血液还没有浸入这块土地。只有当他们安定下来后，这块土地的血气才更加旺盛，周围的山水和树木才赋予更充沛的活力，而且，很快染出自己的色彩。头顶上的天空和周围的山峦都可以做证，大地的声音还在天空中回荡。就这样，未来的天空已经变得越来越明朗。

我的祖先像往常一样择水而居，放牧着自己的人生和命运。他们挥动鞭子，将姓氏的旗帜插在附近的山头，从他们头顶飘过的悠悠云彩，也好像他们口中吟唱的诗词和歌曲。就这样，他们开始在这块山地上安居乐业，但是，他们有可能做梦也没有想到，就在这一个偶然而又必然的时刻，他们已经为后世子孙写下了注脚，并成为家族生存的密码。其实，他们沿着人生和命运的轨道而来，似乎一切自有天意。再说，地球上每个地方只要有人迹出现，便是人类诗意的栖居地。

祖先们居住的这个小村庄恰好坐落于九龙江西溪发源地的支流旁边，朴素而又自然，充满浓厚的人文气息，同时像葡萄藤一样延伸着家族的命运，并结满生命的硕果，挂在命运的溪边。周围群山耸立，巍峨连绵，既神秘又充满着幻想。溪边的水草生机蓬勃，绿意盎然，再加上四周空气清新，偶尔还能听到牛的几声哞叫，确实是浪漫至极，尤其是当早晨的炊烟从屋顶的烟囱袅袅飘向天空，与天上的浮云浑然一体时，更分不出山水了。一幅水墨画一样的场景出现在眼前。

从此以后，我的祖先就在这个到处布满苔藓的地面上生活。他们昼玩山水，夜枕溪声，抱月而眠，过着宁静而又充满诗情画意的山区生活，睡眠深处就是他们的梦乡。周围的空气到处飘荡着如梦的歌声。几百年前，这里曾经发生过了什么事情，现在已经很难再复原了，但这似乎也不重要，生命是有轨迹的，时间也是有记忆的，周围的山水和天空中的白云也能做证，所以，我才能找到祖先生命的痕迹。

之后，我的祖先睡着了，他们有可能就睡在河边某一块草地上，也有可能早已化作某块石头在某个山岗上倾听风雨，又或者他们就睡在小村庄里的那口古井旁边的青苔上，而每一滴水声都能唤醒他们的记忆。又或者村口那棵桉树上的树叶哗哗作响就是他们在互相交谈的声音，其实，自然界所有的一切都是有灵魂的。每一块石头的睡眠时间也是有限的，它们终有被唤醒的时候，我一直在期待着。

我的祖先就像种子一样播入脚下这块吟唱的山地，也像其他的姓氏一样分布开来，他们的子孙有的去了台湾，有的漂洋过海到世界各地，之后，又像草丛一样，繁衍着自己的后代并生生不息。当他们在这块吟唱的山地扎下根来时，也开始对广阔的农事产生兴趣，而神秘的大自然既让他们深感敬畏，同时也让他们充满着感恩和期待，许多的人生传奇就这样谱写出来。当然，有幸被记载下来的历史不多，更多的已随时间埋进了土地里。

其实，每个家族和其他的姓氏都一样，暗藏着一部有关传承的历史和故事，并歌颂着过去、现在和未来。因此，每逢夜深人静时或者在睡梦中，我不仅能看见一支支姓氏的队伍高举着旗帜猎猎地向前迈进，还能够听到周围吟唱的山地，牛羊成群结队，此起彼伏。而村庄上空的炊烟也还是照样袅袅上升，好像在诉说着某种生存信仰的坚持。河边每一株水草，其实都有自己的梦，我也相信这种坚持。

姓氏的旗帜到处迎风飘扬，然而，谁又能讲清其中的宿命？

"一脚踏三省、三省一日还。"乍一听,什么样的人敢说出这样的大话?什么样的地方如此神奇?没有到过武平,不敢夸下这海口,到过武平,你会被这块神奇的土地所吸引。武平地处武夷山西南端,属闽西南上古生代覆盖层。南与广东省梅州市蕉岭县、平远县相邻,西与江西省赣州市寻乌县、会昌县接壤,地理位置特殊。武平还是原中央苏区县。开国上将刘亚楼就是武平人。这就难怪!

那天,武平采风回来,在家休整了几天,坐在电脑前,面对"抢答题"沉思良久,心生感慨。若干年前,武平一位朋友向我介绍说,武平有个"百姓镇",原有 108 个姓,现在还有 102 个姓,之后又新增了几十个姓,是个名副其实的百姓镇。当时一听,心生好奇,心想,一个人口不足万人的小镇哪来的百家姓,又凭何敢称百姓镇?若是属实,此中必有悬念。一晃数年过去,当年的念头一闪而过,再无波澜,没想到此次采风行,又勾起涟漪,接上了话题,仿佛一切早已安排!

我是第一次来到武平,在此之前,想象中的武平是既偏僻又落后的山区。走近武平,颇感意外,发现武平简直堪称"世外桃源",四周风景美不胜收，尤其县城人口不多，规模却不小，又很雅致，有一定文化韵位。听完介绍，第二天一早，便马不停蹄来到百姓镇，想尽快揭开其神秘面纱。百姓镇行政名称叫中山镇，是个千年古镇，而且是中国历史文化名镇，素有"小京城"之称。明洪武时期，中山镇是武平县的场治、县治所在地，旧称武平所，简称武所。下辖三个村落，方圆不过十里，因聚居100多个姓氏，并一直延续至今，因此而得名。如今，这一文化地标受到重视，堪称幸事。

从中华姓氏文化来讲，华夏先祖自伏羲氏以来就开始使用，相较于其他文明，堪称独特，这也正是后世之人热衷于追根溯源的原因。其实更早之前，母系氏族社会就有"姓"了。那个时候，男性没有社会地位，"姓"是由"女"和"生"组成，意即由女性而生，男性只是从属关系。中华姓氏文化始于母系氏族由此也得到了证实。还有一解，"姓"是从居住的村落或所属的部族名称而来"氏"是从君主所封的地、所赐的爵位、所任的官职或者死后按照功绩、追加的称号而来。姓氏一说，揭开了古老的华夏民族神秘的面纱。古语有云："参天之木，必有其根。怀山之水，必有其源。"这就是传统文化的魅力所在。

那么，武平百姓镇到底从何而来，或者说如何演变过来？简单梳理一下，大概有以下几种情况。首先跟地理位置有关，所谓"一脚踏三省、三省一日还"，所讲就是这个。由于地处三省交会之处，人员流动性频繁，姓氏杂居的人就多起来，客家人三次南迁，都和武平有关。其次，武平中山镇夹在闽粤赣狭缝间，且深卧闽粤赣山区内部，何以在此设立千户所，确实是个谜。但其中必有道理。历史证明，自古以来，这个地方就是兵家必争之地，故于明洪武二十四年（1391年）设千户所（简称武所），武所就是当时驻军所在地。后为了巩固武所，驻军推行军士屯田政策，按规定，驻军士兵十分之三守城，十分之七垦荒种地。后来，不少军士服役后就地解甲归田，成了当地居民。由于这些军人来自全国各地，姓氏不同，又与南迁客家人杂居在一起，这才形成百姓镇。据了解，当地人除了讲客家话，还流行讲一种语言，叫军家话。讲这些话的人大都是军籍，平时为了方便交流，将多种语言掺杂在一起，并融入客家话形成独特语言。武平千户所时期曾建有军籍祠，并供有"十八将军"之说，可惜祠堂已毁。百姓镇姓氏都有自己的堂号和堂联，譬如李氏堂号为"陇西"，孙氏堂号为"乐安"，危氏有"汝南"和"晋昌"两个堂号，而这些堂号主要是为了寻根溯源，缅怀先祖。堂联又称族氏联，不同姓有不同族氏联。譬如朱氏联"汉代名臣第，宋朝理学家"、杨氏联"弘农故郡，清白世等"，还有林氏联"九龙新世第，十德旧家风"等等，内涵隽永，回味无穷。由此可见，百姓镇文化底蕴深厚。更耐人寻味的是，随着时代变迁和人口流动，武平百姓镇的姓氏不但没有减少，反而越来越多。或许，这就是武平这个山旮旯的地方越来越繁荣、越来越文雅的原因之一吧。

那天，我拿到"抢答题"后，当地《闽西日报》原主任记者詹鄞森热情向我推荐一个人，说："中山百姓镇就是这个人推出来的，此人叫洪荣昌。找到这个人便可以了解百姓镇了。"傅翔是连城人，是客家文化名人，认识他的人很多，洪荣昌自然也是其中之一。詹记者马上打电话给洪荣昌，稍候片刻，他就来了。几句话过后，我便心中有底了。心想，洪荣昌真是中山百姓镇的文化推手。他是中山镇本地人，因捐资 1000 多万元建设武平"百家姓文化园"而一夜成名。然而，据了解，洪荣昌原只是一名普通国家工作人员，钱从哪来呢？快人快语，毫不隐讳，他说："要感谢我的妻子。她虽然是一个文化程度不高的普通工人，却对风险投资有经验，投资股市，涨了就买房。她在紫金矿业原始股不受青睐时，果断出手，解禁后增值超 600 倍，成为股市空前绝后的黑马。在征得妻女同意后，我把部分投资获利回报社会。"如今，行伍出身的洪荣昌被誉为"中国红色收藏第一人"。洪荣昌热衷于红色收藏，送给我他自己编写出版的《红色票证》《红色货币》《红色收藏》等，果然是个红色收藏谜。而我更想知道他的百姓镇情结。

第二天一大早，洪荣昌就开着他的宝马来接我去参观由他捐建的"百家姓文化园"。路上，他滔滔不绝地向我讲解有关百姓镇的一些历史故事。他说，中山镇位于闽粤赣边界客家地区，全镇人口不逾万，方圆不过十里，却聚居着 102 个姓氏人家，最多时达 108 姓。这一文化奇观，与客家地区以聚族而居为特征的社区文化形成强烈反差，成为全世界绝无仅有的"客家百姓镇"。他还说："我捐资 1000 多万元建设武平百家姓文化园，整个工程设计、建筑、陈列等全部由政府进行，我没有参与，建成后所有产权也全归镇政府。"说话间，我们已来到由他捐建的地方。果然是一座百姓公园，说是博物馆也行，虽然还没有完善内容，但里面设有仿古大殿百姓祠堂，只见祠堂门口柱联上写着"举目四周，塔桥似画；敬香百祖，恩德铭心。"门联"百姓扬祖德，众祠佑后昆"足见当地人对百姓祠堂寄以多少情思。此外，公园还设有展示姓氏文化、民俗文化的长廊，还有百家姓活动中心，包括广场、牌楼、百家姓客栈等，占地约十亩。文化公园建在半山腰，山脚下，当地政府正在兴建一座颇具规模的百姓大院，仿古建筑，占地数百亩之多，拟投资数亿人民币，目前已初具规模。看来，武平中山镇真的是下决心要将百姓镇进行到底了，这真是一个不错的规划，功在千秋。

以"姓氏"名义唤醒民族记忆，这是历代国人尽心尽力在做的一件事情。从姓氏中找出民族记忆也是老祖宗留给历代祖孙共同的话题，而其中不仅凝聚着后人对祖先的怀念与感恩，也是对家族乃至国家与民族自上而下的传承与信仰的努力与尊重，更是国家与民族凝聚力的体现。是的，历史留给后世子孙绝不仅是"姓氏"一说，还应包括自信与自强。那天，参观完"百家姓文化园"后，洪荣昌带我到当地文化站小憩了一会，文化站就在公园里，站长姓徐，也是个百姓通了，一提起百姓镇，顿时来了兴趣，感觉有很多话要讲，但又欲语还休。我理解他的这种寡言背后的深情，一杯"武平绿茶"让他的思绪回到祖先的牌位前，于是，说不完的百姓里短，夹杂着长长的眷恋与追寻。是的，我从他那朴素敦厚的外表看到深藏于内心的姓氏情怀。是的，姓氏源头就是祖先的叮咛与寄托。

泱泱华夏五千余年的历史，武平百姓镇只是中华姓氏文化的一个缩影，但其传承与弘扬是一种国家与民族的自信，以及对历史的尊重。中华民族伟大复兴离不开中华姓氏文化，也离不开武平百姓镇这张名片，还有所有国人的仰望。

中国历史文化名镇平和县九峰镇有一座府级建制的都城隍庙，里面供奉的是唐代的著名诗人王维。也许，有些人会想不通，平和县建县至今才不过 500 年左右，而王维乃唐代诗人，他怎么会跑到平和县九峰镇当起都城隍爷？另外，一个小小的山区小镇又怎么会有一个府级建制的都城隍庙呢？这会不会太牵强？更有意思的是，由于王维的出现，平和县古县城九峰形成"二王共治"的有趣局面，此事说来话长，且听我慢慢道来——

王维，唐代诗人，字摩诘，汉族，祖籍山西祁县，开元九年（721年）中进士，授太乐丞，被贬为参军后，复官为尚书右丞，世称"王右丞"。 在中国文学史上享有"诗佛"之称，现今有存诗 400 余首。"空山新雨后，天气晚来秋。明月松间照，清泉石上流。竹喧归浣女，莲动下渔舟。随意春芳歇，王孙自可留。"（《山居秋暝》）"人闲桂花落，夜静春山空。月出惊山鸟，时鸣春涧中。"（《鸟鸣涧》）"独在异乡为异客，每逢佳节倍思亲。遥知兄弟登高处，遍插茱萸少一人。"（《九月九日忆山东兄弟》）这些流传千古、脍炙人口之诗作就是出自他手。在唐代，王维与另一位诗人孟浩然并称"王孟"，可见两人均非等闲之辈。

再说平和建县历史。明正德二年（1507年），漳州南靖与广东、龙岩交界处的农民在詹师傅与温火烧的率领下举行起义，不久就被官府镇压下去。正德八年（1513年），起义烽火再度燃起，而且声势比前次更为浩大，起义军转战闽粤赣三省边区，致使"三省震动"。正德十一年（1516年）冬，朝廷派王阳明为都察院左佥都御史，巡抚南、赣、汀、漳等地，镇压了詹师傅等。于是生员张浩然、耆民曾敦立并山人洪钦顺等上书呈请设县，王阳明也认为"不设县治贼无由息也"，遂于明正德十二年（1517年）五月二十八日具本请旨，在《添设清平县治疏》中申说理由："呈乞添县治以控贼巢，建设学校以移易风俗，庶得久安长治。"并踏勘县治所于河头大洋陂（即今九峰镇）。上疏不久便得到明王朝恩准，于正德十三年（1518年）三月置县，取"寇平而民和之意义"定县名为"平和"。 由此可见，平和县最早县治就设在今九峰镇，而且，是由王阳明一手操办的。此外，王阳明还根据明朝政府的规定在建置县衙的同时兴建了城隍庙。有关这点可以参见王阳明写于正德十三年（1518年）十月十五日的《再议平和县治疏》："正德十二年十二月初九日，本职督同各官亲到河头告祀社土，伐木兴工。……至次年五月，外筑城墙俱已完备，惟表墙因风雨阻滞，期在九月完工。县堂、衙宇、幕厅、仪门、六房俱各坚完，惟殿庑、分司、仓库、城隍、社稷坛，亦因风雨阻滞，期在仲冬工完。"（《平和县志》第975页）足以证明。

从历史的角度来说，王阳明还有一层身份更为重要，即他是我国宋明时期心学集大成者，可以说是个大哲学家。在历史上，王阳明的心学与孔子的儒学、朱熹的理学，并称为孔、朱、王，由此可见他的历史地位和影响力。其实王阳明还是位著名的诗人。他非常热爱故乡的山山水水，回故乡时，常游览名胜古迹，留下许多脍炙人口的诗篇。如《忆龙泉山》："我爱龙泉寺，寺僧颇疏野。尽日坐井栏，有时卧松下。一夕别云山，三年走车马。愧杀岩下泉，朝夕自清泻。"还有《雪窦山》："穷山路断独来难，过尽千溪见石坛。高阁鸣钟僧睡起，深林无暑葛衣寒。蛰雷隐隐连岩瀑，山雨森森映竹竿。莫讶诸峰俱眼熟，当年曾向画图看。"这些诗明丽、秀拔，数百年来被人们传诵不息。可见，他与王维之间是有共同语言的，说他在诗学上崇拜王维也是说得过去的。

那么，王阳明到底是怎样请王维来当九峰镇都城隍爷？不妨看以下推测，或许也是个非常有趣的话题。当然，或许还有其他因素暂时不得而知。

大家都知道，王维乃唐代诗人，而王阳明是明朝人，二者是如何扯上关系呢？有人说，是因为两个人都姓"王"，有渊源关系；也有人说，王维是王阳明崇拜的偶像。其实，无论怎么说，王阳明把王维请来当都城隍爷在民间已经流传近500年了，而且香火旺盛，这是事实。回过头来仔细一想，王阳明把王维请来当都城隍爷也不奇怪，首先，王阳明是当时平和县的最高长官，想立谁为都城隍爷可以自己拍板；其次，王维是王阳明崇拜的偶像，又都姓"王"，加上王维官至尚书右丞，请他来当都城隍爷并不为过；最后，也是最重要的一点，就是两人"志趣相同"，都是诗人，又都对儒、释、道三教深有研究，可谓"知己"。

话说至此，我仿佛突然明白了，原来王阳明请王维来当都城隍爷是有"私心"的，那就是想要形成"二王共治"的局面。也就是说，王阳明和王维都姓"王"，又是偶像，因此他希望能够在自己创建起来的县治实现"二王共治"的愿望，这样岂不妙哉？！当然，这只是我个人臆测，但我认为，王阳明作为一代心学宗师，他的造化境界当比我等俗辈高妙得多，因此，我宁愿相信"二王共治"符合王阳明的心学意境。当然，"二王共治"对平和县而言，也是非常有意思的组合，并传出许多佳话。在九峰镇和秀峰乡就有关于"城隍妈"的传奇，也因此成为信仰的依据之一。

九峰镇都城隍庙，始建于明正德十四年（1519年），至今近500年历史，尽管清朝康熙、乾隆年间曾多次重修，之后也有过修复，但基本保存完好，没有太多变动。在都城隍庙里的二进和四进的回廊壁上，绘有《福禄寿星》《二十四孝》等40多幅精美壁画，据众多专家考证，应为宋代作品，如此弥足珍贵的文物为全国少有，难怪平和县九峰镇会被评为中国历史文化名镇。

然而，令我更感兴趣的是，王维是个诗人，也就是所谓的文官，而王阳明是个理学家，又是平和县开县始祖，暂且不讨论他为何要把王维嬗变为地方黎庶的保护神和官吏执政的监督神，单就这一举动就道出了中国民间传统文化的特点，也传达出王阳明文治武功的愿望实现以及对文官制度和太平盛世的期待。或许，最有意思、最耐人寻味之处就在这里。当然，历史真相如何，已很难考证还原了。

中国人向来比外国人重视家族传承，而且由来已久。

《管子·匡君小匡》："公修公族，家修家族。使相连以事，相及以禄。"南朝宋鲍照《数诗》："一身仕关西，家族满山东。二年从车驾，斋祭甘泉宫。"宋曾巩《徐孺子祠堂记》："当是之时，天下闻其风、慕其义者，人人感慨奋激；至于解印绶，弃家族，骨肉相勉，趋死而不避。"清吴伟业《毛子晋斋中读〈西台恸哭记〉》诗："龚生夭天年，翟公湛家族。"由此可见，中国人的家族观念根深蒂固。

光宗耀祖，慎终追远，因此成为历代家族的使命和职责。

台湾雾峰林家，就是一个响当当的家族例子，我们不妨做些了解。

2012 年 10 月 16 日，台湾雾峰林氏后人返乡祭祖，其实这已经不是第一次，此次不同以往之处在于以"台湾抗日志士亲属协进会福建参访团"的名义返乡祭祖。作为祖籍地的福建平和县五寨乡埔坪村林氏宗亲，以当地最热烈的欢迎仪式迎接台湾林氏宗亲回乡谒祖。于是，上演了一幕令人激动的场面。

其实追溯台湾雾峰林家家族史，要从康乾年间说起。那个时候，大陆沿海地区人口密集，生存困难，而台湾地旷人稀，资源丰富，民间有"台湾钱淹脚目"的传言，因此，许多大陆沿海地区人纷纷前往台湾。雾峰林家就是这个时候过去的。

最早渡台的雾峰林氏，是一位从漳州府平和县五寨乡埔坪村过去的青年，名叫林石。他凭着坚强的个性，东渡台湾，开创基业。然而，那个时候，台湾其实是荒芜一片，险恶重重，因此，创业非常困难。尽管如此，雾峰林家还是能够扎根下来。

乾隆五十一年（1786年），正当林石的拓殖事业进入旺盛发展之际，彰化地区爆发了林爽文事件。林爽文，原籍平和县，与林石算是同乡旧识。后来，林爽文起义失败，雾峰林家受到了牵连，由此破败。林石本人也在这场灾祸中惨死。其子孙四处逃散，从大里杙（今台中大理市）迁到阿罩雾庄（今台中县雾峰乡），从而重新开创雾峰林家百年基业和万代辉煌。历史的偶然性有时候也会演变成某种必然，而这是没有人能够说清的。

雾峰，原来叫阿罩雾庄。是平埔族群的一个地名，介于草湖溪与乌溪之间，靠近内山，易遭番害，当时仍是一片草莽未辟的险地。据《林氏族谱》记载，黄端娘移居时，筑草庐以蔽风雨，披荆棘以启山林，过着十分艰辛的生活。其后代子孙林献堂于家谱中也写道："忍饥寒以成复兴之业，斯则我雾峰一系所当铸金而事者也。"由此可见，当时的雾峰林家是多么不容易。不过，一个家族要崛起有时是挡不住的。雾峰林家的发迹史，就是从这个时候开始的。

黄端娘教子有方，其两个儿子也不负母望，能够继承父业，不仅经商有道，还擅于人际，很快成为当地富甲一方人士，受到尊敬和爱戴，从而奠定了雾峰林家千秋基业和好名声。

其实在当时，阿罩雾庄这个地方并不太平，土豪恶霸横行，为争夺土地、水源、山林，不时发生冲突械斗，雾峰林家作为外来闯入者，要想立足并不容易。长子林定邦就死于一次械斗中。为了复仇，林定邦长子林文察就开始展开了激烈的报复行动。林文察自小文武双全，才气过人，后来就被朝廷征召，从此踏上为民请命，为朝廷效力的征途，并屡立奇功。在特殊年代里，一个人的命运往往和整个民族连在一起。当然，前提是这个人要怀抱一颗火热赤诚的爱国之心。

咸丰八年（1858年），林文察因累积大功，获赏六品翎顶，"以游击分发福建，归筹饷例补用"。咸丰九年（1859年），林文察率台勇渡海西征。当时，阿罩雾兵勇多随林文察、文明兄弟赴大陆，转战闽、浙等地。同治三年（1864年）四月，福建延平军务危急，闽浙总督左宗棠急令林文察内渡驰援。同治三年（1864年）十一月，林文察率军到漳州，驻扎洋州；十二月，移驻万松关，后遭太平军用计设伏，"先以羸卒诱，击走之"，而"文察督勇奋斗，鏖战五时，所部死伤略尽，援兵不至，突围不能出；遂中枪，殁于阵"，年仅37岁。由于他屡立奇功，后朝廷追赠其为太子少保，赏骑都尉世职，准建专祠于漳州（今芗城区新华西路宫保第）与台湾的东大墩（台中市）两地，以供后人凭吊。

"出师未捷身先死，长使英雄泪满襟"。林文察英年早逝，对当时的朝廷而言，是一大损失，对雾峰林家而言，也是一大沉重的打击，之后一连串不幸之事发生，加深了灾难。譬如时为拥有雾峰林家家长的林文明之死就让整个家族笼罩在不祥的阴影之中。

然而，正所谓时势造英雄。光绪十年（1884年），随着中法战争扩及台湾，清廷为解决兵源、饷需问题，号召台湾绅民捐饷募勇，协助御敌。林家报国心切，积极响应，踊跃而上，指派长房（下厝林定帮派下）兵部郎中林朝栋捐饷募勇北上，效力刘铭传；二房（顶厝林奠国派下）林文钦南下，协助台湾道台刘璈，一同开赴前线，抗法保台。

林朝栋就是典型儒将，自幼熟读兵书，喜欢练武。在中法战争中，表现出色，不负所望，骁勇善战，大败法军，立下战功，朝廷大悦，钦加二品衔，赏戴花翎。刘铭传向朝廷奏称："郎中林朝栋急公好义，自备资斧两月，募勇五百名来助防剿。臣设法凑解军械，令赴暖暖，共图捍守。"林朝栋夫人杨萍，也是个巾帼英雄，曾率雾峰乡勇6000余人击败法军，后亦被清廷封为一品夫人。夫妻英雄，满门忠烈，可钦可佩，谱写了一曲满门忠烈的赞歌。

之后的雾峰林家回归家族本身的发展，是从光绪十一年（1885年）开始的。这一年台湾刚刚建省，被称为"台湾近代化之父"的刘铭传再次倚重林朝栋，委任他为中路营务处，擢抚垦局长，以招抚"山番"，林朝栋又立新功。清廷为嘉其功，又赐"劲勇巴图鲁"徽号，命统领全台营务，授全台樟脑专卖之权。须知，樟脑是清末台湾三大出口商品之一，主要市场是德、法、英、美、印等国。由此林家垄断了全台生产和贸易的经营权而获大利。不仅如此，林朝栋还主持伐木局，为台湾铁路提供枕木；办煤油局，试验开发台湾的石油资源；开垦拓殖，辟田树木，于干溪万斗六之山中种有大片茶树，积极引进优良的茶叶品种，聘请印度的制茶大师傅，采用先进的种植和焙制技术，为振兴台湾茶业贡献甚多。这个时候，雾峰林家开始真正走向鼎盛，成为台湾的名门望族，雾峰林家在台湾的地位得到了巩固。

甲午战争后，腐败的清廷政府被迫签订《马关条约》，将台湾和澎湖列岛割让给日本。这对台湾而言，不亚于一场海啸和地震，对雾峰林家而言，同样是一场灾难。

俗话说，"虎父无犬子"。此话不假。

林祖密，名资铿，字季商，也是一名响当当的抗日民族英雄。他是林朝栋的儿子，后来与其祖父林文察并称平和人过台湾的"三代公卿"，声名远播，在近代闽台史上确占有重要位置。有关林祖密的事迹在民间广为传播，尤其在两岸。此次雾峰林氏回乡谒祖，其中一个行程就是在厦门参加台湾爱国志士林祖密雕像揭幕仪式，足见其影响力。历史向来是十分公正的，一个家族对民族的贡献永远不会被埋没。

不妨简单回顾一下，林祖密祖父林文察官至福建陆路提督，逝世后赠太子少保衔。父亲林朝栋因抗击侵台法军，开拓台湾有功，钦加二品顶戴，赐黄马褂，统领全台营务。他自己从小追随军旅，早年就参加孙中山组织的中华革命党，先后担任陆军闽南军司令、孙中山大元帅府参军、福建省水利局长等职，故祖孙三代被后世称为"三代公卿"，名副其实。一个家族创造这样的传奇在中国近代史上并不多见。

借此机会，不妨也对林祖密的一生传奇多作一些了解。

林祖密不仅是个革命家，还是个实业家。18岁时他随父奉旨内渡大陆，不久遵奉父命回台经营雾峰产业。不过，那时正值丧权辱国的清政府与日本侵略者签订不平等《马关条约》将台湾割让给日本之际，林祖密的爱国之心迸发，子承父业，不负众望，继续高举"有国才有台，爱台先爱国"和实业建设的大旗，驰骋在海峡两岸，为中国民主革命事业努力奋斗。在此期间，他秘密资助了一连串抗日活动。

光绪三十三年（1907年），漳州地区水灾严重，他慷慨解囊，捐资5万银圆购粮赈民，当时漳州人民众口皆碑盛赞祖密功德；民国二年（1913年），他先是在南靖县径口置田900多亩，开办垦牧公司，接着耗资 6 万元，创办郭坑后港林场，继又聘地矿师赴龙岩、漳平探测煤矿，并投资 7 万元开办漳平梅花坑煤矿。为繁荣经济和便利煤炭外运，他组建了华丰疏河公司，疏浚北溪河道，铺设程溪至漳州的轻便铁路，前后历时两年，耗资 20 万元。此举对促进漳州、北溪水陆交通贡献极大。以上这些史料，都是有据可查的，林祖密"爱国甚爱家"的精神感动了不少人，从而也在闽台历史上留下了佳话。

林祖密的一生也很短暂，牺牲时年仅四十七岁。1925 年 8 月，林祖密被北洋军阀李厚基的部下张毅杀害于店仔圩（今华安县新圩镇，已为虚墟）。其实他早在 1915 年，就参加孙中山组织的中华革命党，次年，便收编闽南靖国、护法两派队伍，并捐数十万银圆为军饷，建立一支革命军，参加讨袁护法战争。1918 年，林祖密被孙中山委任为陆军闽南军司令。鉴于当时闽南军界缺乏军事骨干，他在漳州创办"随营学校"（军校），创办时间比黄埔军校还早 5 年。只可惜，英年早逝，要不然定会做出更多建功立业的大事。

不过，林祖密的一生虽然短暂，却在中国民主革命史上留下光彩的一页。1940 年，国民党当局追念林祖密的突出贡献，明令抚恤，并以其事迹宣付党史。1965 年，中国国民党追怀义烈，特颁"忠烈永式"匾额，以示旌扬，现匾额悬挂在雾峰林家宫保第。

以上这些历史资料都是有翔实记载的。至此，可以说雾峰林家"三代公卿"的使命已经完成，其青春热血、感人肺腑、令人荡气回肠的动人篇章也已经谱写完毕，历史也已经为其家族写下不朽的篇章。可贵的是，其后世子孙并没有因此而骄傲自满，或放弃建功立业的爱国热情，而是继续秉承先祖遗愿和未竟事业，一份忠贞报国之心展现得淋漓尽致，令人由衷佩服和景仰。譬如林祖密之子林正亨，从小在林公馆

（厦门宫保第）内长大，自幼受到父亲的革命思想熏陶。在日军大肆侵占东北和华北大片土地之后，毅然弃笔从戎，报考南京中央陆军军官学校，并在抗战爆发后不久投入抗战。随后，转战湖南、广西等战场。在赴广西作战前夕，林正亨拍了一张戎装照片，并在照片上写下了这样的文字："戎装难掩书生面，铁石岂如壮士心，从此北骋南驰戴日月，衣霜雪。笑斫倭奴头当球，饥餐倭奴肉与血，国土未复时，困杀身心不歇！"体现了其坚强杀敌之心。这样的家族后人令人击节叫好。

雾峰林家不仅尚武，也不乏崇文之人。据史料上记载和对雾峰林家后人的了解，雾峰林家崇文是从林文钦起。林文钦乃林奠国之子，而林奠国乃林文察之叔。而林奠国有三子，文凤、文典、文钦，其中以文钦为能。林文钦性情温和，喜欢读书，不仅继承了林家遗风，垦种习武，而且兼有经世致用之抱负。如今在雾峰林家花园景薰楼堂屋前面中央还悬挂着林文钦考中举人所设立的"文魁"匾额。左上方写着"顶戴兵部尚书闽浙总督部堂兼代办，监临兼理船政福建巡抚军谭锺麟代办监临日沟起居注官詹事府司经洗马提督福建全省学政王锡审"，右下角写着"光绪癸巳恩科乡试中式第七十九名举人林文钦立"。该匾额见证了世代武将出身夺得荣耀的林家，成功转型为名副其实"文武双全世家"的历史事实。他就是将雾峰林家由武功转为文人书香世家的关键人物。林文钦之后，雾峰林家开始从粗犷豪爽的武将身份晋升为官绅阶层，后来还出现"雾峰三诗人"林朝崧、林资铨、林幼春三叔侄。雾峰林家人才济济，可谓名不虚传。

一个家族的传奇能够延续百年，并代代人才辈出，可以说非常难得，尤其是像雾峰林家这样的家族，更是百年难得一见。其从逃难的拓荒农户小家，成长为集政、军、农、商于一身的显赫家族；从反抗地方土豪劣绅，到反抗外族入侵，参加民主革命，一个融入大历史背景的家族其实并不是历史的偶然。可贵的是，200 年后的今天，雾峰林家还是一个充满生机的家族，而且俊彦辈出，遍布海峡两岸和海外各地。另外，其实后人可以从雾峰林家传奇家族史中看到中华民族不屈不挠的性格特点和民族精神，也可以从中看到台湾的发展史和闽台两岸的血缘与亲情关系。总之，这是一个可歌可泣的家族，令人钦佩。

　　山格慈惠宫位于平和县山格镇米市街，俗称大众爷公庙。始建于南宋，初名马溪岩。相传，庙中主神"大众爷公"是明代抗倭名将戚继光的化身。《平和县志·武功》记载：嘉靖四十三年（1564 年）二月，戚继光率兵在清宁里汤坑（今山格镇一带）剿倭，"斩首数百级，官兵死者八十余人"。后人为了褒扬戚继光抗倭保民壮举，特奉神位纪念，并将农历七月十九日确定为一年一度的赶庙会日期。每年庙会日，慈惠宫都会迎来十里八乡的群众及众多台湾游客前来朝圣。不久前，同是供奉明朝抗倭名将戚继光的台湾新庄地藏庵管委会组团到山格慈惠宫参观访问。年届九十一高龄的台湾新庄地藏庵管委会主任蒋明智表示，海峡两岸本是一家，地缘近、血缘亲、文缘深、商缘广、神缘久，如今两岸和睦相处、和谐发展，希望祖国同胞也能经常到台湾走一走、看一看，扩大两岸往来，促进两岸民间民俗文化繁荣发展。2009 年 6 月，由大众爷公庙演变出来的"闽台乞龟民俗"被正式确认为福建省省级非物质文化遗产，并成为两岸民间交流的桥梁。

　　闽台乞龟民俗是这样的，每年农历七月十五至十九日期间（正常是十七至十九日），山格慈惠宫就会组织举办这样的活动，民间也会自发前来参加。活动的项目主要有"扛猪公""灵龟归庙""掷孤米""龙艺表演""搭台演地方戏"等。有意思的是，几乎每年农历七月十九日庙会之前，山格地区都会下几场雨，雨水将附近河沟里的流水注满。于是，奇迹便出现了。从七月初一开始，就有大大小小的灵龟沿着河沟陆续回到慈惠宫。见到这些自然返回的灵龟，各方百姓都喜欢去触摸它们的身体，以此祈求平安、吉祥、长寿。笔者是本地人，自小到大几乎每年都见过这样的场面，因此有很深刻印象。

其中，最有意思的是"扛猪公"。这项活动的仪式是这样的，每次"扛猪公"时都要有三头大公猪和一只羊，"猪公"口含"菠萝"（方言谐音"旺来"），身披用大红纸剪成的猪公衫，衫上贴有"合境平安"，还有"福""禄""寿""喜"等字样，脖子上还挂着一大串铜钱，伏在特制的"猪公轿"上，由四位穿明朝长衫的青壮汉子扛着，沿街游行，后面还跟着一支吹吹打打的乐队，然后跟着临时请来的戏班，而那些戏班的"戏子"，要么装成《西游记》，要么装成"八仙过海"里的人物，也有扮成军民同乐的场面，跳大鼓凉伞舞等，有时还杂以清唱，最后，才来到山格慈惠宫前，朝拜这位"大众爷"。整个活动真是热闹非凡，将民俗文化发挥得淋漓尽致。当然，这位"大众爷"是否就是民族英雄戚继光的化身，还有待于历史学家进一步查证。2006年，漳州市历史学会和平和县文体局，还有山格慈惠宫专门邀请许多专家前来研究，许多专家对山格慈惠宫的民俗文化特点都给予充分的关注和肯定，并饱含兴趣。

细心的人也很快发现，山格慈惠宫的这项民俗活动确实和戚继光当年传承下来的仪式是一样的，尤其是扛猪羊、扮戏子等，简直是如出一辙。据说古代时更是热闹非凡，而且场面更加壮阔无比，多时有三五百条船只，沿马溪排成船队顺流直下数公里远，而且船船有猪公，船船焚香祝愿。只可惜，如此盛况今已不再。当然，时代已大有进步了，如今连从陆路来的小轿车都没地方停，甚至连走路都要人挤人才能够进去，有时候还进不了，这就是民间文化的力量和号召力。

由此可见，大鼓凉伞舞和平和山格慈惠宫的传统民俗习惯是颇有渊源的，值得做进一步考究。当然，大鼓凉伞舞演变至今，随着娱乐性的逐渐增强和纪念性的淡化，表演形式已有所改变，比如执伞者由原来的男性改为女性，使舞蹈刚柔相济；同时糅合了闽剧、高甲戏等地方戏剧部分动作，使地方特色更加浓郁。目前这种舞蹈已传至中国台湾地区和东南亚一些国家，只是表演形式稍有差异而已。不过，这已经不是最重要的了，关键在于戚继光与闽南民俗的关系，已经根深蒂固了。

同时，值得一提的是，有关大鼓凉伞舞的兴起和延续也和山格慈惠宫有关。诚如以上闽台乞龟民俗活动，排在队伍前面的就是大鼓凉伞舞。据载，嘉靖四十三年（1564年），戚继光率军于闽南扫荡倭寇。在一次漂亮的歼灭战之后，逃难归来的百姓纷纷抬着猪羊，敲着锣鼓，跳着欢快的舞步，冒雨前来迎接和犒劳戚家军。戚继光见此情景，心中感动，令将士们为雨中歌舞的百姓撑伞。一时间，在欢庆胜利的热烈气氛中，打鼓的百姓和撑伞的将士双双踩着鼓点翩翩起舞。巧合的机缘，促成了军民共舞，奠定了这一舞蹈的群舞基础。以后，每逢节日举行纪念活动，人们就开始打鼓舞蹈，渐渐演变成大鼓凉伞舞这一民间传统舞蹈。

大鼓凉伞舞非常有意思并值得玩味的特点是，整个舞蹈的演出完全不需要音乐伴奏，只是根据鼓点动作来进行表演，表演时气势雄壮，动人心魄，充满战斗豪情和必胜信念，这充分证明了这种舞蹈确实是地地道道来自民间并适合于战场的。据说，古时表演大鼓凉伞舞，还要专门挑选体格健壮、血气方刚的男性青年担任男角并扮作武士，而女角常作小旦打扮，头梳双髻，高举凉伞，团龙绣凤，舞动时伞罩飘飞，姿势优美。通常是一鼓一伞，也有二鼓一伞。鼓数均为偶数，越多阵容越壮观。大鼓凉伞舞的表演形式非常多样，其中有斗鼓、翻鼓、擂鼓、吹鼓、翻车轮、桥鼓、迭鼓、踏鼓等，又有三进三退、观山式静止、莲花转、龙吐须等构图和队形。可见，大鼓凉伞舞能够成为闽台乞龟民俗重头戏并非偶然。

实践已经证明，大鼓凉伞舞从民众扛猪羊迎部队凯旋的场面，演变成闽南的一种习俗，这完全符合民俗文化发展的规律。总之，闽台乞龟民俗被列为省级非物质文化遗产实至名归。

天涯澳角

天地有大美而不言。

自然界中有一种美注定是孤独的，又是畅开的。当你被它击中时，一定也是无语的，你注定会被它的美所深深吸引。

澳角就是这样的地方，它的美会让你着迷。

澳，是指海边有弯曲的地方；角，就是角落。

有人说，澳角就像一只鲨，爬行于海边沙滩，故又有鲨壳澳之称。

澳角，是一座渔村，地处漳州东山县陈城镇，三面环海，与台湾隔海相望，人口只有 3700 多人。这是一座偏僻的海岛，咫尺天涯。

澳角行政村，分别由澳角、湖仔、大帽山三个自然村组成。

澳角渔村的晨昏总是带有咸腥味的。天刚亮时，码头早已汽笛声声，紧接着，一艘艘的渔船便鱼贯而出，海面上浪花簇拥而起，形成了炫目浪漫的景观。渔村里外，码头边上都能看见渔女们补网的情形，一针一线穿梭在尼龙线上，应和着海岸边浪花的节拍。傍晚时分，渔船归航，渔获满仓，码头顿时热闹起来，变得像狂欢节一样，分拣渔获时的吆喝声，配合电子称的滴答声，每个响动都是那么扣人心弦。

此前，从没到过如此天涯海岛，并站在最高的山顶上，去体验真正的天远海阔。如今，隔着浩渺烟波，看到海面上帆影点点，十分渺小。突然有一种茫然感，失去方向和目标，仿佛在一张巨大的空白纸面前，自己也小到变成当中的一个标点符号。这种感觉不断漫延全身，甚至连思绪也变得有点空茫。我终于能理解那些渔民们为什么会选择留下来，并在这里世世代代安居乐业。这不就是真正的世外桃源吗？

大肉山，是澳角最高的山，从山顶往下看，整个渔村分成东西两个半月形的海湾和沙滩，东边称为前海，连接浩瀚的台湾海峡；西边称作后海，背靠绵延的闽南丘陵。大肉山正西方不远，差不多 20 海里处就是著名的南澳岛；偏东方恰好是外婆的澎湖湾，距离大约 120 海里左右，可以说是紧紧相连。两个半月形的海湾，每当在阳光的照耀下，都会泛起碎银般的波光，尤其是那金色沙滩，美得让人目不暇给。更为奇妙的是，每当春夏季东南风吹来时，东边的海湾波浪滚滚，涛声阵阵，极为壮观，而西边的海湾则是波平浪静，安然不动，尽显大儒风范，处变不惊；秋冬时，东北季风盛行，情景则完全相反过来，东边清静恬然，西边巨浪奔涌，形成巨大反差，似在互相调侃，抚须含笑。继而仔细一看，一东一西，两个海湾沙滩又像两条太极鱼一样在互相嬉戏追逐，构成一幅妙趣横生天然的海景图，蔚为奇观。

冥冥之中，我仿佛也是被这种自然之美感召而来的。

澳角渔村妈祖文化公园前，有一块靠海边的石头，刻着"天涯澳角"，四个红色行草大字，这里早已经成为网红打卡点。每天都在晨曦和晚霞中用温润的表情接来送往四面八方的宾客。

天涯藐藐，地角悠悠。宋张世南《游宦记闻》卷六："今之远宦及远服贾者，皆曰天涯海角，盖俗谈也。"意思是说，在远方做官的人和在远方经商的人，都说那个地方相隔很远。然而事实是，澳角的美是畅开的，总能引来众多海鸥点浪而来，展翅翱翔于海空之间。

天涯不孤，澳角无言，见证了历史的风云和帆船浮沉。

打开澳角渔村的史册，我立马被其中几个字吸引住。"南岛语族"原本只是一个学术性的名词，之所以让我兴奋起来，是因为大帽山贝丘遗址就在澳角。据考证，该遗址出土的陶器群与澎湖列岛、台湾西海岸同时期，同材料，器形又十分相似，山顶及其附近又挖掘出众多新石器时代贝丘文化遗产。所谓贝丘是指依托在礁石而生存下来的贝壳类，这至少说明早在史前，澳角这个地方就有人类居住。也就是说，澳角大帽山及周围极有可能就是"南岛语族"文明的发祥地之一。

中国考古界早已认定，福建是南岛语族的故乡，且澳角大帽山遗址与澎湖、台湾本岛有着密切联系。据考证，当时的南岛语族人已经掌握了较高超的航海技术，可以自如跨越台湾海峡。另有资料显示，早在6000年前，竹筏已是福建东南沿海南岛语族先民海上捕鱼和交通的重要工具，也是海峡两岸民间交往的重要航海器。

只可惜，现如今许多"南岛语族"文明的火种被熄灭于浪涛之中，有的风化在山顶上成了文明的碎片。还好，从那些残存的碎片中仍能感受到文明火种有重新燃起来的希望。我们期待这一天早日到来。

一座渔村就是一座博物馆。这是我走出澳角村史馆后，内心的感受。如果没有这座博物馆，也许我们还要走很多弯路，甚至有可能迷失方向。至今为止，澳角渔村还没有找到自己祖先的源头，也许再过若干年，他们可以通过那些文明的碎片中找到先祖的DNA，从而认祖归宗。

当然，这并不影响我们今天对古文明的追寻和探索。

在大肉山上，我终于又找到了另一个兴奋点。大肉山原名叫连雾山，据说以前云雾绕山，常常无法看清真面目，后来连雾山附近海域出现了龙、虎、狮、象四神兽，守护着连雾山，从此拨云见日，始得四周风光旖旎，波涛不惊。这四神兽分别排列于连雾山的东面和西南，依次为龙、虎、狮、象四座小岛屿，各屿距主岛约2至3海里的间隔距离。龙屿蜿蜒盘旋，虎则呈剑拔之势，狮子肃穆庄严，大象把鼻子探入水中，眼神悠悠自得，犹如一件件精雕细镂、蔚为奇观的天然艺术品镶嵌在"蓝土地"上，堪称中国海岸线上一个罕见的"海上动物园"。试问，这难道不也是对古文明最好的诠释？

先不说澳角的先祖是如何发现这四神兽的，单以其远在天边，若没有早期的文明进入，又怎能受此启蒙？可见，古文明的曙光早已照见这座神奇的渔村。放在今天，澳角渔村不算遥远，但放在古代，这里就是地角天涯，人迹罕至。资料显示，大约三百多年前，澳角渔村才迎来了首批渔民并在此落脚定居下来。历史不算久远。目前澳角渔村最早的姓氏主要来自于南澳岛、诏安、云霄、晋江等地，其中以沈姓人口最多，其余林、徐、吴、郭等分布其中，而大帽山原著民则以本地杨姓为主，可见，澳角渔村的姓氏来源，无法代表古文明的传承。只能适用于"因俗简礼"的习俗，证明"适者生存"的道理。

我喜欢听澳角渔村关于"国姓井"和施琅收复台湾的典故。据传，当年"国姓爷"郑成功驻军澳角村时，面临饮用水短缺问题。澳角是个海岛渔村，四周围都是海水，很难找到淡水。官兵们每天面对咸涩海水苦不堪言，这时候，当地百姓发现澳角村有一口淡水井，山腰上还有一眼山泉水，"国姓爷"一听乐坏了，于是就靠这点淡水养活了军队。这口井后来就被当地人取名叫"国姓井"。以一口井唤醒民族记忆，发人深省。施琅收复台湾前，驻军在澳角渔村的西面，与宫前村的海域相连。如今，施琅驻扎营地铁锚抛掷处所激起的轰鸣声仍然不绝于耳，这就是冷兵器时代的倔强。尤其那"九十九级台阶"所隐藏下来的网格密码无从破译，无疑更加充满神秘的色彩。当然，我们还可以从当年那些海盗脸上所露出的诡异笑容得到注解。澳角渔村就是这么神秘而富有魅力，留给后人的想象空间也太大了。

每当夜深人静时，在澳角渔村的海边是可以听到鱼声的，尤其是在月亮爬起来时，明恍恍的月光照在渔村和海面上。而此时此刻，大海也睡着了，在那种幽静的环境之下，有些鱼就会冒出头来在海边说话。如果你是个有灵性的人，能够听得懂鱼说话的声音，是可以和鱼们进行交流的。澳角渔村就有人蛙岛的传说，当地人都深信不疑。

澳角渔村祖祖辈辈都在这里生活，天天与海打交道，日子过得有滋有味。他们一边捕鱼，一边养鱼，忙得不亦乐乎。我相信他们当中一定有人听得懂鱼语，可以和鱼们进行交流。那天，我们乘飞艇飚浪，只见飞艇尾巴劈开水面，拖出一条水银色巨大浪花。同行的小李第一次坐飞艇，既新鲜又刺激，任凭海风狂飚，海浪涛天，依然长发飘飘，挥洒自我。她一点也不紧张，手里拿着手机时而站起，时而靠在飞艇船板边，前后左右随行抢拍，全然不觉得飞艇也有出现意外的可能。我感觉她要是再呆下去，一定也会想去找鱼聊天的。

也许，澳角渔村村民们快乐生存的秘诀就在这里。

我们就要离开渔村了，真的有些不舍。渔犹未尽，相信很快又会再来。不过我想，不管澳角渔村的先祖是什么时候来到这里，千年，或万年，那都是件了不起的事情。有时候，我甚至觉得，野蛮的开始其实就是文明的起点，蒙昧的觉醒也包含人类最高的美学智慧和需求。人类可以比神站位低一点，但在浩瀚的苍宇间也是可以随波浪起伏的。

末了，我想起当地海洋诗人许海钦的一句诗：

"下海是渔夫，上岸成诗人。"

这就是他们如诗一般的生活。

谢安立庙为神？

中国历史源远流长，历史人物灿若星河，而能够流芳千古的都至少有一件重大历史事件与其有关。东晋名相谢安就是这样一个人。谢安"东山再起"后，打了一个以少胜多的大胜仗，即历史上著名的"淝水之战"，因此彪炳千秋。而我之所以要提谢安这个人，是因为他和我的家乡平和关系很密切。中国历史文化名镇平和县九峰镇，有一座专门供奉名相谢安的庙庵，其就是牵挂两岸的崇福堂。不久前，首届海峡两岸（平和崇福堂）谢安王公民俗文化节隆重开幕，20多家同祀谢安王公的台湾庙宇、150多名台胞代表参加活动。

谢安何许人也？史书上载，谢安乃东晋名相。其出身名门世家，年轻时以清谈知名，不慕官场，初次做官仅月余便辞职，后隐居在会稽东山的别墅里，其间常与王羲之、孙绰等游山玩水，并且承担着教育谢家子弟的重任，四十余岁谢氏家族朝中人物尽数逝去，乃东山再起，后官至宰相，成功挫败桓温篡位意图，并且作为东晋一方的总指挥面对前秦的侵略在淝水之战以八万兵力打败了号称百万的前秦军队，致使前秦一蹶不振，为东晋赢得几十年的安静和平，战后功名太盛被皇帝猜忌，因此低调避祸，后病逝。由此可见，谢安此人非等闲之辈。

那么，东晋名相谢安何以跟地处漳州市西南部偏远山区的平和县扯上关系呢？他又是如何在这里立庙为神的呢？带着这个悬念，走近历史去了解一下真相吧。

"开漳圣王"陈元光奉命进漳开拓闽南时，不忘将心中的偶像谢安的香火带入漳州，并尊奉谢安为"广惠王"。关于这一点，《漳州府志》有明确记载："广惠王即谢安也，陈将军元光奉其香火入闽，启漳，漳人因祀之。"陈元光视谢安为偶像和保佑神是可以理解的。试想，当时的闽南乃蛮獠之地，要想征服谈何容易，而谢安淝水之战打了一个以少胜多的大胜仗，这正是他征服闽南必须学会的战术和智慧，历史证明，他也实现了愿望。

正因此，给谢安立庙为神创造了机会。据平和九峰镇罗氏族人考证，其先人原为陈元光将军部下，解甲归田后，仍崇拜王公精神，故在其祠堂奉立王公为尊神，供族人朝拜，仙逝后，其族人将其入龛立位朝拜。385年，谢安在建康病逝，民众为了纪念他的爱国精神及勤政爱民的功德，在民间自发地尊奉他为神祇，称为"谢千岁""谢王公""广惠圣王""广惠尊王"等。由于谢王公对百姓"有求必应"，善男信女纷至沓来，香火日益鼎盛。据道光版《平和县志》记载，崇福堂"在东门外，离城七里，祀谢王"，这里的"谢王"就是谢安。由此可见，谢安在平和县九峰镇崇福堂立庙为神，其实也是历史必然。

崇福堂，原名叫罗寨庵，是一支罗氏族人聚居在该地村寨的祠堂。由于族人见谢王庙香火如此鼎盛，欣然礼让卧牛宝地扩建庵堂，并迁移广东定居，于是罗寨庵于明洪武四年（1371年）扩建改为崇福堂。为了表达对罗氏先人的敬意，扩建庵堂时，信众先在庵堂对岸的山坡上建造一座罗氏庵，每年的王公诞辰及普度日，祭拜者必先到罗氏庵祭拜罗氏先人，再拜王公。其实，其中另有典故。据传，谢王公曾托梦给其族人说：愿意与其部将罗氏为友，保佑罗氏兴旺发达，但其罗氏族人必须搬走外出才能人丁两旺，罗氏族人尊梦搬至广东发展，高风亮节，留下祠堂即崇福堂供世人朝拜。当然，这只是民间的一种说法。

崇福堂为歇山式建筑风格，坐北朝南，进深三间，为三进砖木结构，总面积达750平方米。堂中有柱联一对："公志在东山我亦志在东山怅望千秋尚弥敛抱　昔患遭强虏今复遭强虏瞻八极问谁克绍前勋。"此联为清光绪邑人朱念祖所题，以歌颂谢安的爱国精神。

有意思的是，出身名门世家的谢安，虽从小受家庭的影响，在德行、学问、风度等方面都有良好的修养，当时的宰相王导也很器重谢安，青少年时代的谢安就已在上层社会中享有较高的声誉，但他并不想凭借出身、名望去猎取高官厚禄。东晋朝廷先是征召他入司徒府，接着又任命他为佐著作郎，都被谢安以有病为借口推辞了。后来，当家族和国家面临危亡时，他才挺身而出。据考，"东山再起"一词就源自谢安，因其隐居东山，出仕后被称东山再起。

更有意思的是，在崇福堂拜谢王，不能拜鸡。道光版的《平和县志》记载："崇福堂邑人至今祀王者，不敢荐鸡也。"其实这个民俗在九峰当地，众人皆知。之所以形成这种习俗，据说和淝水之战有关。此话还要从头说起。

316年，西晋王朝灭亡后，出现南北大分裂，南方：司马睿称帝，建立东晋；北方，匈奴、鲜卑等少数民族也先后割据建立王朝。当时，占据陕西关中一带的民族首领在长安建立前秦政权，苻坚继位后，推行一系列积极措施，国家实力大为增强，随之又积极向外扩充势力，因此晋秦矛盾日益尖锐，最终导致淝水大战爆发。作战双方议定，天亮以后在淝水北岸交锋，前秦部队后撤，让出阵地，东晋兵马渡江作战，符坚计划等晋军渡到江中一举歼灭。在当时，夜晚行动，时间以鸡鸣为准。东晋定于三更鸡叫起床做战前准备，四更出发。巧的是，二更时分，雄鸡一声清脆响亮的啼叫划破寂静的夜空，全部兵马提前一个小时出发。当东晋兵马到达前秦大营，秦兵正在睡梦中，毫无准备，大乱阵脚，淝水之战，东晋大胜。为了感谢公鸡提前报晓，从此谢安再也舍不得吃鸡。后人为了敬仰，也沿袭以往，久而久之，成了信仰。

其实，关于祀谢王不敢荐鸡，还有一说，据民间传说"王误吞鸡骨头而死"（道光版《平和县志》），也就是说，谢安是让鸡骨头噎死的，所以祭祀时就不好意思荐鸡了。当然，这只是一种传说。无论如何，如今的平和县九峰镇已是中国历史文化名镇，声名在外，而九峰镇的崇福堂，在两岸同胞中影响日益广泛，这不能不说是谢安的又一大贡献。

其实，历史上像谢安这样的人很多，像关羽，可以说只要有华人处就有关帝庙，这个关帝也就是关羽。这样一想，谢安在平和县九峰镇崇福堂立庙为神，也就不足为奇了。换一个角度来讲，其实民间把东晋名相谢安视为神，也是很有现实和正面积极意义的，毕竟谢安是东晋名相。况且，他那种淡泊名利之心，看透世俗之眼光，还有机智过人的胆略，无疑是令人敬佩的。从某种意义上讲，这与平和精神是不谋而合的，所以也应该算是坐对了神位了。

祖师文化烛照心路

从前有座山，山里有座庙，庙里有个和尚在讲故事……

每当我听到这首童谣时，总是会想象着它那虚幻的意境，想象中，那白云缭绕的大山深处，古柏掩映着古寺，环境十分清幽；然后，只听到寺庙里传出深沉而又悠扬的钟声，回荡在群山之中；然后，有一个龙眉皓首的老僧坐在禅房里，用声若铜钟的声音，正对着另一个和尚，讲述一个年代十分久远的故事。

其实，诸如此类有关一个人和一座寺庙的故事和传奇有很多很多，也各有各的特点。但是，真正拥有深厚文化内涵和影响力的并不多，因文化而使一个地方腾飞者更是少之又少，三平寺就是这样一个地方，因一个人和一座寺庙而腾飞。准确地讲，三平因文化而腾飞，这是宗教的力量所发挥的作用。

一千多年前，有位唐代高僧从广东潮州灵山寺，来到素有"漳南佛国"称号的漳州，然后挥动法杖，在天空上画了一个圆圈，于是，一座名叫"三平寺"的寺院就金光闪闪地出现在平和县文峰镇境内。一千多年后的今天，该千年古刹已成国家AAAA级旅游风景名胜区，日夜享受着万民的朝圣和仰望乃至神思。而那位唐代大德高僧，就是后来三平寺的开山和尚，法名义中禅师。

义中禅师，俗姓杨，法名义中，敕号广济大师，祖籍陕西高陵，于781年正月初六日生于福唐（今福清）。义中从小不食荤腥，十四岁剃发出家，二十七岁才受具足戒。为求证佛法，先后造访中条山百家岩怀晖禅师、西堂智藏禅师、洪州百丈山怀海禅师、抚州石巩禅师、潮州大颠禅师、并成为大颠的法嗣弟子。824年，大颠禅师圆寂后，义中于826年离开潮州到漳州，并在漳州开元寺后的半云峰下（今芝山）创建"三平真院"，宣扬佛法。会昌五年（845年），唐武宗李炎灭佛汰僧，禅师事先率领僧尼避居于平和九层岩，依靠当地的民众，在大柏山麓建成三平寺。义中禅师初到九层岩时，便传授桑麻和耕织技术，召集流亡，垦创田地，兴修水利，筑村建舍，使当地生产得到恢复和发展。并以精湛的医术，为民诊治，又教山民习武强身，御暴安良。宣宗皇帝敕封义中为"广济大师"。咸通十三年（872年）十一月初六日禅师圆寂，享年92岁，僧腊65年。圆寂之后，其门人弟子塑其金身奉祀，号曰"祖师公"。这就是他的简历。

山，因寺而名，寺因高僧而香客络绎不绝，梵音悠扬。纵观中国佛寺和山水，莫如此。难怪当代佛学大师赵朴初居士曾说："我国古代许多僧徒艰苦创业，辛勤劳作，精心管理，开创了田连阡陌、树木参天、环境幽静、风景优美的一座座古刹大寺，装点了我国锦绣河山。"画家叶浅予也曾以诗为赞："人言名山僧占尽，荒山废寺谁问津？若非和尚勤护卫，何来天目古杉林。"明代政治家张四维以"世间好话佛说尽，天下名山僧占多"的名句加以赞颂。可见，名山与寺院、佛教与社会的和谐自然而然地让人敬畏和信仰，而文化的力量是永恒的，也是进化的。

悠悠古香路

三平寺因唐代大德高僧义中禅师而著名。群山之中，绿竹掩映，云雾缭绕，若隐若现。千百年来，钟声悠扬，香客云集，香火绵绵不绝，缕缕寄托着尘世的愿望与旷世的祈祷和追求。如今，当人们提起千年古刹三平寺时，自然而然就会想到那条古香路。遥想当年，满眼蛮荒，荆棘遍地，乱石挡道，虎蛇横行，那条平和方向的古道上正艰难地攀行的那几个和尚，他们坚强的意志和执着的信念令人佩服。后来，他们在"樟花献瑞"的昭示下，来到"九层岩"，即现今三平寺所在地，从而成就了千古传奇，并成为闽南文化的重要组成部分。关于那条古香路，民间有几种说法，其中较普遍认为，从龙海程溪下庄经塔潭，翻山越岭徒步抵达九层岩。古人云，欲上九层岩，"登者必历三险三平，乃至岩顶"。所指应该就是这条古香路。那条古香路至今沿途还留下许多的神迹和传说，足以说明一切。诸如南天门土地公庙、淡田观音佛祖、分路亭伽蓝爷、叠石庙三王公、彭水祖师、侍者公、投某（妻）石等，叙尽了旷远的神秘和对历史的追寻，同时也留给后人无边的想象。另一条是从漳浦而来，半途与塔潭那条路重合，亦有一定道理，但不如塔潭那条路有迹可循。还有一条是从现在的文峰镇而来。如今，这条路已经是省道了，但这条路应该不是当年义中禅师一行人进山的路途，而是后人进山朝圣之路，因此也可视为另一条古香路。但无论是哪一条古香路，无不诉说着当年的艰辛和对信仰的执着。

小时候，常听长辈们讲以前上山进香的经过和情形，总是非常感动。本地民间有句话叫："一年到，三年透。"意即上三平寺，上一年就要连上三年，这样才会更加灵验。且，上山前一天，至少前那一顿早餐不能吃荤只能吃素，有的甚至提前三天就开始斋戒，以表礼佛的诚心与清心。在我小时候的印象中，父辈们每年总会有那么一两天要上三平寺去朝圣，来回也要一整天，起早赶路，摸黑回家。还听说有不少外地人，也是步行来到三平寺朝拜祖师公，有的来回需要两三天，路上之辛苦可想而知，其心之诚，其实也已经全部被写在那条古香路上了。

三平寺，地处福建省平和县文峰镇境内，距离漳州市区 47 公里，距离平和县城 30 公里，四周群山环抱，让人有如登临化境之感。据载，义中禅师之所以到三平建寺弘法，主要是因为唐武宗皇帝推行灭佛汰僧政策，不得已才遁入深山的。建成后的三平寺，坐北朝南，北靠狮子峰、南坐笔架山、东接大柏山、西邻九层岩。该寺庙的选址是由义中禅师亲自选择的，他精于易经八卦。后来，有懂风水的人说，这座寺庙依山建筑，山势有如游蛇下水，称作"下水蛇"是个蛇穴。更绝的是，寺前一箭之遥，有一状似神龟向上爬的龟山，称作"上水龟"，龟蛇南北交际相会，乃天然宝地。当然，这只是风水上的一种说法。尽管如此，也已经足够让后世人产生无限联想和想象了，尤其是其神秘的部分。

另据记载，三平寺初建时只是"招提"小寺，历经千余年后，屡毁屡建，规模也不断扩大。"民国"二十三年（1934 年）冬，三平寺遭到了最后一次空前的毁寺灾难，几乎全寺一片废墟，仅存其中一柱，没有被烧掉，惨不忍睹。如今的三平寺是 1937 年起至 1949 年才告竣，由当地民众自行募捐重建起来的，以后才不断完善。值得一提的是，在一千多年前，这里还是"岩谷深邃，结曲奇危"之地，如今已是国家 AAAA 级旅游风景名胜区，尤其在两岸拥有很高知名度，每年均有众多的香客前来朝圣，堪称沟通两岸桥梁。

漫漫两岸情

自宋以来，就有不少的闽南人不畏风浪，驾着小木船，出生入死，横渡海峡到台湾开拓家业。明清时期，更加热闹，纷纷移居台湾。据悉，目前台湾约有80%的民众根在闽南，其中以漳州、泉州为多，此足以说明一切。而这些迁台的先民，移居台湾时不忘将家乡的神明也带过去，其中三平祖师公的香火就是这样传过去的，这是信仰，也是人们活下来的理由和精神支柱。刚开始时，人们只是把三平祖师公的香火供在自己家里，后随着迁台人数的越来越多，为便于大家答谢神恩，就共同创建三平祖师公的分庙，逢年过节，社戏连台，热闹非凡，香火也越来越旺盛。如今，在台湾的三平祖师厘米庙多达50余座，信众达近百万，主要分布在台南、屏东、高雄等地。如今，每年从台湾回来认祖归宗者不计其数。

此外，三平祖师公的香火还远播东南亚、欧美等许多国家和地区。明朝中叶，许多漳州人从九龙江的出海口月港和厦门港出发，远渡重洋，到东南亚一带和其他地方去经商、谋生。直至清初，还有不少人由此而漂泊海外，其中不乏平和人。资料显示，平和人远渡重洋的国家主要有泰国、马来西亚、新加坡、印度尼西亚、菲律宾、越南、缅甸、柬埔寨、日本、美国、加拿大等地，可见，分布范围很广。这些人为了敬天祭祖，感恩神明，以慰心灵，也纷纷把三平祖师公的香火传过去。三平祖师的香火就是这样在海外传播开来并影响至今的。如今，三平祖师的香火日益鼎盛，自然与这些海内外香客回来寻根有关。相信，随着两岸关系的日益密切，未来三平祖师文化定会被阐述得更加精彩和圆满。

让信仰的火炬烛照出未来吧，一条通往两岸民众内心精神家园的道路正在进一步拓展，并正在迸发出神力的光芒，好像佛光普照一样，让一切都进入安详状态吧。

第三辑

读名著

读名著

有人问我："读什么书好？"我总是随口回答："读名著。"过后，总是觉得自己答得太轻巧了。谁都知道要读名著，只是不知如何读。有些大学生，包括大学本科中文系毕业的大学生，他们确实读了不少名著，可是，他们读到的只是文章，并没有读出名著的味道，更别说吸收和运用了。

其实，名著自有成为名著的道理，肯定不是读过就能理解的，特别是外国名著，要读懂它必须下一番苦功。也就是说，读名著其实是需要功力的，没有一定功力，读过也等于没读，或者说，只读到一堆文字。也常听人说，某某名著我早就读过了，而且，某某名著我也早就读过了。我相信他的话，可有用吗？事实证明，他并没有读懂，只是看过而已。

那么，如何读名著？我想，读名著其实是在读作家，而读作家其实是在读生活，因为所有的作品都源于生活，而高于生活，这就是名著的魅力所在。那么，功力又从哪来？我想，功力主要应该不是读出来的，而是体会出来的。也就是说，读者要有阅读生活的能力，否则，读名著永远只是读表象而已，即使说出一大堆理论，说服力也一定很苍白的。另外，对名著和作家背景的了解，应该也是读名著的一把金钥匙。

浪漫的高度

　　当她含着泪水慢慢地咀嚼着那种幸福时，你脸上的那种憨憨地笑，就是一种浪漫。当牧师说："你愿意一生一世，无论是富贵还是贫穷，都会爱她和保护她吗？"而此时此刻的你，望着她充满深情地说："我愿意！！！"这也是一种浪漫。而我这里要讲的浪漫，是有高度的。

　　在乡言乡，自然以家乡浪漫的高度为高度。我曾经写过一篇《浪漫的平和》，把平和的琯溪蜜柚说成是金灿灿的金子，把平和的大山小山说成是金山银山，把整个平和比喻成一座庄园，把流淌的河水也比喻成滚滚的财源，这也是我心中的浪漫，但这还是不够的。

　　在我的理解中，家乡浪漫的高度应为林语堂的高度。林语堂的知名度和影响力自然不必再多说了，我只说他的浪漫的高度。林语堂的"高地人生观"就是最浪漫的高度。一个在山区出生的穷孩子，竟敢看不起大城市的高楼大厦。林语堂是见过大世面的人，他不会胡说。

　　我这里要讲的是，林语堂凭什么看不起大城市的高楼大厦？莫非只是逆反心理产生的作用？或者纯粹是发挥文人的狡黠？其实非也。林语堂的浪漫源于他是一个可怕的理想主义者，把理想升高到不可救药的高度，难怪会天下无敌。

早晨的味道

44 年前，我降生于某个春天的早晨，这是母亲告诉我的。因此，我记住了那个早晨并喜欢上她，而且非常感念她。我从母亲的身上闻到了早晨的味道。

长大后，早晨的味道开始散发出来，充满炊烟的味道，又充满田野和阳光的味道。因此，我看见早晨从天空开始，我像做梦一样追寻着她。她是我的希望，她是我的追求，她是我的向往，她是我的永远。

然而，当风把石头吹向天空时，我已经被阳光晒在地上。我远远就听见了禾苗在号叫，田野疯狂地长出庄稼，然后，拔高自己像石头一样在空中飞。同时，我也闻到了石头腐烂的味道，冬天在枝头上掉下阳光的叶子，然后就开始腐烂了，这是一种季节的暗示。我知道，我的一生也注定要从早晨开始的，这是上天赐给我的缘分，也是命运的一种安排。也许，生命的存在本来就是一场意外和偶然。

春天是美好的，早晨也是响亮的，而早晨味道更加独特，既有少女般清新和温柔的体香，也有季节腐烂的味道，石头冷漠的表情，有时比痛苦还痛苦，我还看见了有些早晨的阳光也在年龄的时光中开始衰老，那不是一般的痛苦，而是几近彻底的绝望，但我并没有因此放弃，相信只要希望存在，早晨就一定是美好的。

理解的境界

理解，是一种微笑，也是一种淡然，同时是距离产生出来的美。但是，这种美是不容易被真正发现的，因为理解往往更像一场误会，更像一场意外的事故。当然，我说的这种理解，是经历过风浪的。

能够理解他人的人，必定是十分了不起的人。当年蔺相如不畏秦王的暴力，毅然出使秦国。令秦王没有攻赵的借口。回国后，官拜廉颇之上，廉颇心生不满，若没有蔺相如的理解，何来赵国的强盛；若没有廉颇对蔺相如的理解，负荆请罪，又何来将相的团结。可见，理解也是一门高深的学问，并不是那么容易学会的，更不是一般人能做到的。现实中的理解往往带有很明显的片面性，这是产生误会和发生意外事故的主要原因之一。事实也证明，现实中的人们确实很难做到真正的理解，但无论如何，人与人之间是需要理解的，那么，该怎么办呢？

从某种意义上讲，人与人之间是需要距离的。距离会产生美的原因也就在这。但距离并不是拒绝，或冷漠，相反，是另一种融洽、另一种亲密。心理学上说（其实是物理学的理论），距离是产生吸引力的关键。看来距离产生的美也是贵在发现。

那么，该如何领会理解的三昧呢？其实也不难，说白了，理解就像品茶。而品茶的最高境界，其实并不是茶的好坏或优劣，而是品茶者的心态。一个真正的饮者，不仅能够在劣质茶中品出酸苦，还能品出其香醇，理解的境界其实也一样。

路，形而上的记忆

三十岁以前，我一直找不到路，总有种上不了路的感觉，总感觉人家是在大路上走，而我是在底下小路上走，而且，小路时断时续，若有若无。有时在梦境中，看见大路上行走的人们陆陆续续，三五成群，接二连三，偶尔，我也能走到上面去，跟在人们后面走，但很快就掉队了，因为前面的人群很快就消失了，只剩下灰蒙蒙一片，连脚底下的路也变模糊了。我很快又迷失了方向，走着走着，又走到下面的小路上，仿佛进入太虚幻境一样。我知道，那是一条形而上的路。

三十岁以后，确切地讲，是三十一岁以后，也就是自从结婚以后，对于路的感觉，才有了一些变化，以前的那种迷惘仿佛一下子就没了，但依然没有上路的感觉，相反，前面的路忽然消失了。从此以后，我很少再有那种上路的感觉了。人的命运往往就是如此，永远不可能有让你觉得清晰的时候，即便有时是清晰的，稍不留神，马上又变得模糊了。而每个人其实都还在路上走，只是没有太多互相注意而已，有时连自己在哪里也不知道。我就是在这条形而上的路上行走，每个人都是如此。"地上本没有路，走的人多了，也便成了路。"这是鲁迅先生的名言。

地上到底有多少条路，谁也说不清楚，也无从知道，每个人每天都是那样来来去去，上上下下，来去匆匆，每天都要走很多的路，有些路短，有些路长。短的路很快就到了，长的路永远也走不到目的地，有些人走到半路上就倒下了，从此再没有走下去，但后面的人跟着，继续往前走。其实离脚步最远也最近的路在心里。可是，许多人并不知道，知道也是模糊的，接下去就稀里糊涂了。

人就是这样，总是不停地走，不知疲倦地走，即使累了也还在走。你不走，地球照样运转，宇宙照样循环，从东到西，从南到北，从春到夏，从秋到冬，从早到晚，不走也不行，不走照样会老去，路永远带着你走，走到生命的终点。记忆也是一样，同样是形而上的，记忆里的东西越来越多，也越容易老去。晨光中，我们看见一个小孩子在学走路，脚步不稳但很健康也很可爱，暮色下，我们看见一个老人也在走，但夕照下，其身影已黯然下去了，多少会让人产生悲怆的感觉。

现实中的路，有的有起点，有的没有起点。心中的路也一样，但是，路的终点在哪，始终没有人知道，人们只知道要行走，至于要走向哪里走到哪里，没有人知道。形而上的路就是这样，永远没有起点，也没有终点。恍然一悟，其实任何东西的存在也都是形而上的，包括存在的方式。而人类其实只是自己复制出来的产品而已，没有人知道自己的过去和将来，一切都是形而上的，包括生命本身。

如今的我，早已过不惑之年，路之于我也还是形而上的，这一切其实都是命定的，谁也无法改变。不过，自从过了不惑之年后，我前面的路已经渐渐明朗起来了，我看见了许多匆匆的过客，也悟到了一些道理，其之所以会在路上烟消云散，是因其本就来自灰尘，化为乌有是必然的事情。而有些人之所以能够清晰起来，主要是因其吸收了太多的阳光和天地的精华，让记忆深入时光的空间。

　　回过头来，所走过的路确实都是有记忆的。我看见许多灰尘飘浮在空中，但道路是虚无的，唯有记忆还在光中闪光，那是不朽的光芒。当然，这种光芒也是形而上的光芒。总之，一切都是形而上的，也都是灰尘，包括记忆。而我终将也要化作灰尘，但愿光中的记忆能够达到永远。几乎所有的人都难逃虚无的劫难，路就在脚底下延伸着，而记忆已经化作一块块的石头，此时此刻，正在空中飞。

叔本华说："每一天都是一个人生的缩影。"仔细一想，诚如所言。日子确是人生和生活的一种缩影，而每天在时间中的逗留和消遣，则是更大旅程的一种倒影。

与此同时，我又想到了罗马帝国皇帝提图斯曾讲过的一句不朽隽语："朋友，我又少了一天了啊！"记得，有一天夜里，罗马帝国皇帝提图斯与他的几位挚友一起进餐时，他突然意识到自己整天没有为任何人做善举。于是，就在那时，他说出了这句不朽隽语，多么令人感动。

的确，人类活着始终以"日"为生活的基础，每"日"一过，就又少了一天。因此，过好每一个日子，是多么的重要啊。然而，话说起来容易做起来难。好的标准是什么？再说，好不好在心里，而不在表面。何况，穷人有穷人的忧愁，富人有富人的烦恼，谁知道好不好？

有的人表面很风光，脸色好像也很滋润，可是他内心痛苦得要命，却没人知道。有的人活得很简单，与外界几乎绝缘，可是他内心活得很充实，从早到晚都充满阳光。

由此看来，过好每一个日子，是没有标准的，关键要有一颗平常心。那么，平常心又是什么？其实也是说不清楚的。小人物有小人物的平常心，大人物有大人物的平常心，境界不同，境遇不同，对生活和生命的理解也不同，无法统一，关键是自己内心要平静和安详。

诗人与音乐家说，美是流动的。

画家与摄影师说，美是凝固的雕像。

诗人与音乐家用文字和声音去感知世界，并进行心灵对话。

画家与摄影师用角度和镜头去发现美和永恒，尤其是摄影师，总是执着于瞬间的艺术与哲学。而自然是神秘而旷远、静谧而深邃、自由而奔放的。当一种美被瞬间凝固时，艺术本身也是一种姿势，同时是一种美的享受。

其实，美不仅仅是一道风景，也是一种心态。同样的道理，风景之美不仅仅在于发现，也要善于解读。"平和"是一个很道家的词汇，也是一个很佛教的用语，同时是一种很儒家的说法，就像"中国"这个名词的解释一样，很中庸，很雍容和大度。当然，讲究的是一种心境，是一种处世的态度和人生观的体现。也可引申为"平安""融合""和谐"之意，内涵丰富，内在韵味与气息浓烈，耐人玩味。

是的，平和既是一个地名，也是一种境界。穿越历史时空，探索地域文化，就会发现，平和不但历史悠久，文化积淀丰厚，而且名人辈出。这里既是世界文化大师林语堂的故乡，也是台湾"阿里山神"吴凤的祖籍地。这里既是国家 AAAA 级旅游风景名胜区——千年古刹三平寺的所在地，也是名震古今和海内外的克拉克瓷、琯溪蜜柚和白芽奇兰茶的故乡。素有闽南"小黄山"之称的灵通山，也在平和境内。不仅如此，世界上规模最大、建筑最精美的土楼也在平和。还有，不久前刚刚获得阿卡汗建筑奖的桥上书屋，如今也成了平和一道独特而亮丽的风景，令世人大饱眼福。

还有谁能够想到，这里也有一条"海上丝绸之路"……

事实上，平和是传统农业县，也是生态旅游发展得最好的地方之一。"行旅世界·心归平和"是平和旅游的新理念。目前，平和县被省旅游部门列为旅游综合改革和专项改革试点县。这既是机会也是挑战，相信平和旅游蛋糕必将越做越大、越做越精彩，尤其是在海西建设"先行先试"的过程中，平和旅游的前景无疑更加广阔，信心与日俱增，未来定会给人以更多的意外和惊喜。

是的，留住美，就留住了永远，那么，就让镜头去说话吧——

古文明的碎片

历史是深赭色的，甚至是赭黑色的，需要时间的反光镜才能照出它的原形，并发现它存在的价值。历史同时是坚硬无比的，并到处布满电闪雷鸣。或许，也只有在雷电交加之际才能被发现，但无论怎样眉头深锁，总有拨开云雾的一天，并迎来几近浪漫的探索。触摸古文明的碎片，我们必将获得感悟与超越。

平和古为扬州之地，周为七闽之城，明正德十三年（1518 年）置县，取"寇平而人和"之意。清时，平和有"小漳州"之称。平和旧县名于元至治年间（1321—1323 年）称为南胜县，治所设在今南胜镇。至元三年（1337 年）迁于琯山之阳（今旧县）。明正德十二年（1517年）县治设在大洋陂，建县后取名九峰，又名九和。1949 年初，县治由九峰迁至现所在地小溪镇。古文明的碎片历历在目，引人深思。

实际上，真正的旅游是从历史开始的。穿越历史时空，应是现代旅游的新理念。因此，翻开平和旅游的第一页，一座国家 AAAA 级旅游风景名胜区、千年古刹三平寺，就出现在我们眼前。之后，一幅幅动人的画卷被徐徐打开。

2010 年 5 月，广东汕头南澳岛打捞出一艘古沉船，这艘古沉船被命名为"南澳一号"。当这艘古沉船被打捞出来后，人们立刻惊奇地发现，其中拥有大量青花瓷器，经专家们反复考证后，一致认为，那些青花瓷器就是名震天下的"克拉克瓷"，而其原产地就在福建省平和县。消息甫出，一石激起千层浪。好奇者踏瓷而来，热泪盈眶者更是蜂拥而至。就这样，一条海上丝绸之路被重新发现。历史的镜头就这样留住那永恒的一瞬，并被定格成对美好未来的遐想和展望。

优雅转身，华丽蜕变

也许就在那一刻，或那一瞬间，其实什么也不用多说了，时间已经被定格成永恒的一瞬。难怪有人说，说一个人成熟不是说他（她）人老了，而是说他（她）的热泪学会了在眼眶里打滚而不落下来。是的，当一个人或一个地方实现了优雅转身和华丽蜕变时，他／她／它一定是让人感动的。是的，连镜头有时也饱含泪水。

平和原本是个偏远的山区，贫穷和落后一直都是其身上标签，可是，如今平和漂亮的身影已经实现了新的跨越，而受到感动的人何止千千万万。是的，拜识整个平和山山水水后，始知道，平和这块土地是浪漫的。这里的一切都是浪漫的。平和就像是一座庄园，一座既美丽又充满浪漫色彩的庄园，犹如陶渊明笔下的田园风光一样。在这既美丽又充满浪漫色彩的庄园里，每个人都是主人，每个人脸部的表情也都是浪漫的，既流动着朴素，又闪烁着超常的精力与智慧。然而，这块土地又是十分真实的，尤其是将它放在当今这个高速发展的现代社会的背景下时，这种浪漫更加令人着迷。其实，这正是平和这块土地以及这里的一切实现优雅转身和华丽蜕变后给人的感觉。时代的变化往往是令人意外的，又在情理之中。

诗人与音乐家说，声音是心灵碰撞出来的。

画家与摄影师说，色彩是对灵魂的定格。

光和影，是线条构造出来的美学。

佛说，永远是一种美。

平和的心

　　平和人拥有一颗平和的心，平和的心让平和人安静下来，并铸就一种平和的精神高度和境界。陶渊明"采菊东篱下，悠然见南山"，就是这种高度和境界的体现。恋山林，羡池鱼，慕远村，望稀烟，听闲言，闻鸡鸣，开视野，守拙田，这种简朴的生存状态和世界观与人生观的形成，其实正是中国几千年来农耕文明带来的结果。说得更有文化一点，这种崇尚自然、追求和谐的一种世界观和人生观，其实正是道家、儒家和佛家思想的结晶。当然，如果用与时俱进的观点来解读，也是一种向上和崇高的理想境界。

　　平和既是一个地名，也是一种境界。当然，讲究的是一种心境，是一种处世的态度和人生观的体现。也可引申为"平安""融合""和谐"之意。进一步讲，正是因为平和拥有好山好水好去处，平和人的心态才会越来越平和，并能用平和的心态去追求至高的人生价值。再者，平和是一个拥有深厚历史文化底蕴的地方，每一个脚步，深深浅浅都融入了家乡山水的情怀，所以无论走到哪都是朴素和真实的，这正是平和的心最可贵的一面。"望云惭高鸟，临水愧游鱼"，让平和的心带着你翱翔吧。相信，拥有平和的心的平和人定会闯出一片新天地。

中国有 56 个民族，以族群分，有汉族人、回族人、藏族人、畲族人等；以方位论，有南方人、北方人之说；以地区论，有北京人、上海人、福建人等。正是在这种语境的延伸下，才有了漳州人、平和人乃至小溪人、九峰人、霞寨人、芦溪人、大溪人、安厚人等说法。

这里要说的是，大写的"九峰人"。

一方水土养一方人。九峰地处偏远山区，原本属蛮夷之地，王守仁开县后，给这块土地带来了一些京城文化，并营造出一种古县城的文化氛围。求学、读书之风兴起，经商意识开始萌芽并迅速蓬勃成长起来。这是九峰人的幸运和造化。

王守仁，号阳明，既是明朝著名军事家，又是著名教育家和哲学家（心学集大成者），与孔子（儒学创始人）、孟子（儒学集大成者）、朱熹（理学集大成者）并称为孔、孟、朱、王。由此可见，王守仁的到来必将给九峰人带来历史性的变化。

然而，1949 年 7 月，由于平和县城从九峰镇迁至今天的小溪镇，结束了九峰镇为平和县县城的历史，让古县城又重新回复到边缘小镇的宁静。尽管如此，古县城小市民的优越感和文明意识，尤其是浓厚的商业意识，已经在九峰人身上扎下了根，这就是后来九峰之所以会人才辈出的重要原因。当然，九峰是块地灵人杰的好地方，老百姓勤劳肯干、积极向上。

九峰人身上，有一股不屈不挠、决不服输的韧性。打响"八闽第一枪"的革命先烈朱积垒就是九峰人，也是这种个性的代表。1928年，他在革命战争中被捕，面对敌人的威胁利诱，视死如归，说："要杀便杀，何必多言！共产党人好比韭菜，是越割越长的！"这充分显示出一个革命党人视死如归与坚定信仰的韧性和决心，朱积垒成为九峰人的骄傲。

不过，从某种意义上讲，由于县治的搬迁，九峰人还来不及完成小市民的改造，又沾染了小市民的某些旧习气，所以身上还没有完全脱去偏远山区的小农意识。或许，这也是九峰人的某种宿命。当然，这只是大写的"九峰人"的一个侧面。

其实，九峰人个性中并不乏亮点，譬如外出经商者众，海外侨胞和港澳台同胞多，其中不乏卓越成功者。如今，他们纷纷回报家乡，感恩生养的这块土地，使九峰古城面貌焕然一新。此外，九峰人文荟萃、人才辈出，出现如朱元暹、朱玛西、曾江涛等一批文化艺术人才。而这，正是古县城文明的种子培养出来的，同时也是魅力所在。因此，我们有理由相信，未来的九峰人必将更上层楼，谱写出新的灿烂辉煌的诗篇。

总之，大写的"九峰人"是值得骄傲的，他们已经融入了新的时代。

宽容是……

有个姑娘要开音乐会，在海报上说自己是李斯特的学生。演出前一天，李斯特出现在姑娘面前。姑娘惊恐万状，抽泣着说，冒称是出于生计，并请求宽恕。李斯特要她把演奏的曲子弹给他听，并加以指点，最后爽快地说："大胆地上台演奏，你现在已是我的学生。你可以向剧场经理宣布，晚会最后一个节目，由老师为学生演奏。"李斯特在音乐会上弹了最后一曲。

得理不饶人固然有一定道理，但得饶人处且饶人岂不更显风范和气度？人，生活在群体中，与他人交往会遇到各种状况，有时难免产生误解、矛盾等，但如果能拥有一颗宽容的心，世界会因此更加开阔，生活也会充满温馨。

宽容是一盏明灯，点亮它，心就不会迷路，也不用惧怕黑暗。

宽容是一扇窗口，打开它，微风徐徐吹进，到处都清新舒爽。

宽容是一朵绽开的鲜花，给人芬芳，让人陶醉，装点我们的世界。

宽容是一道亮丽的阳光，给人温暖，让人舒心，照耀我们的生活。

宽容闪耀着人性的光辉，是健康的表现，是成熟的标志。宽容是一座圣殿，里面供奉着高贵、尊严、善良、理想……假如生活欺骗了你，不要悲伤，也不要埋怨，宽容地面对。你，会慢慢变得坚强和自信，会收获最甜美的果实。

请记住这个美好而神圣的日子，每年的 11 月 16 日——世界宽容日，请秉持一颗宽容的心。

第四辑

土楼与狗

土楼与狗

　　十几年前（约 20 世纪末），当你来到闽西南客家土楼时，必须十分小心，因为土楼里有狗，很凶。当它发现有陌生人走近时，会立即大声狂吠，有时几条狗同时上阵，狗毛都竖起来，那凶狠的样子，像是要冲过来将你撕碎，让你不敢往前，得等狗主人把狗驱走，才敢进楼。但还是得时刻提防着屁股被咬块肉，胆小之人，会被吓得颤颤发抖，甚至大声号叫呼救。领教过恶狗之人，更是会谈狗色变。不过，那个时候，很少有外人会光临土楼，因为那个时候土楼还不出名。

　　如今，完全不一样了。自从福建土楼被列为世界文化遗产后，前来土楼游玩的人多了，狗对陌生人再不陌生了。当你再次遇见它时，已不必那么紧张了，也不必再用警惕的目光和心情去提防恶狗的出现，因为过去土楼里的那些恶狗已经不见了，即便看到有狗出现，也用不着害怕了，因其已被主人驯服了，不会轻易冲你狂吠。你所看到的狗们大都变得很友好，性情也温顺。当你经过时，它们最多斜眼瞥你一下，然后就自己待一边优哉游哉凉快去了，好像完全不把你放在眼里。

　　或许，这个时候你会在突然之间莫名有种失落的感觉，但不知是否因为狗的缘故或者其他。遥远的曾经，晨光中或夕阳下，一座土楼和一只狗，构成的情景或者剪影，不知令多少人感动过，那是多么富有诗情画意啊，可如今那种感觉好像越来越遥远、越来越模糊了。据说，狗是人类最早驯服的动物。狗也是对人类最忠诚的动物。另据说，狗对人类所表现出来的忠诚，是出自一种对群体领袖的服从。也就是说，自从狗被人类驯服以后，就把人类视为最大的群体领袖，俯首称臣，甘当奴仆，唯命是从。其实，狗还有一种特性，那就是对母性的绝对依赖与信任。也就是说，当狗把人类视为最大的群体领袖时，同时也把人类当成母性并对人类产生依赖与信任。但不知为何，后来狗们只对其主人忠诚，对陌生人却做出凶恶状，或许这正是其忠诚的表现，只是器量变小了。不过，如今似乎又变大了，不仅学会了宽容、礼貌接客，即便不太礼貌，也不会再做凶恶状或狂吠不已，但不知这样的变化是进步还是退化，抑或因惰性产生的麻木，又或失去本能。

那个时候，土楼里的狗确实都很凶。当它们发现有陌生人到来时，马上狂吠不已，并作势要扑上去，恨不得咬下你屁股一块肉，让你不敢趋前。当然，如果你是熟人，尤其是主人，它们会马上迎上去，朝你摇着尾巴，并用舌头舔你，向你百般献殷勤，讨你喜欢，那种奴才相实在是既可爱又可恨。说实在话，我真不知道人类为什么喜欢狗，也不知道到底是喜欢它的奴才相还是所谓的忠诚。无论如何，我觉得人类在狗面前所表现出来的傲慢实在有些偏见，而狗甘当奴才的个性也确实让人无语，特别是"狗眼看人低"背后的隐语真的是很有反讽的味道。是的，我心中的困惑还在，如今土楼里的狗为何会变得群体性温顺起来了呢？其到底是被时代同化了，还是其他什么原因？我甚至怀疑，狗们也可能是已经被金钱收买了，每天看到那么多人拿着那么多钱来土楼消费，而主人每天一大早就笑脸相迎并且乐哈哈时，它们便识趣了，不再作声。或许它们已经懂得了一个道理，凡是主人欢迎的人都不能吠，更不能扑上去咬其屁股那块肉，尽管那块肉可能味道好极了。还有就是，凡是拿钱来土楼消费的人都不能吠，也不能扑上去咬其屁股那块肉，否则，主人不高兴自己也别想有好日子过。另外，它可能也意识到了，其实主人已不再那么需要它们了，如果再狂吠不已主人会很不高兴的。还有一种可能，自己真的是六神无主了，也真的是分不出哪个是主人欢迎的朋友哪个是陌生人，因此，自己干脆躲一边凉快去，省得好心没好报。

事实可能真是如此，随着土楼知名度的提高，各路游客蜂拥而至，狗们如果每天看到陌生人都还要狂吠不已，累也会累死。自己累死还不要紧，主人还会很不高兴，不是遭受呵责就是棍棒伺候，何苦呢？看来狗们确实都学乖了，但真的不知这是好事还是坏事。最近，我又陪客人去了趟土楼参观。我意外地发现，现在不仅土楼变了，味道越来越不一样，越来越像超市或幽灵市场，什么人什么货色都有，来来去去，时聚时散，还出现了不少"明星狗"。这些狗们不但收敛了野性变温顺起来，而且看见客人来都会马上迎上去大摇尾巴，各种亲昵动作自然是少不了，左脚嗅嗅，右脚嗅嗅，屁股又嗅嗅，全无恶意。而我之所以称其为"明星狗"，是因为这些狗们看见有客人手里拿着照相机或摄像机，就会追上来抢镜头，而且还懂得摆姿势并变换各种姿势，真是让人大跌眼镜，哭笑不得。回来的路上，我一直在想，这些狗们真是太可怜了，土楼也确实变味了。

我禁不住自己发问，土楼与狗到底是一种什么样的概念和组合？土楼其实也是狗，狗其实也是土楼，有何差别之处呢？特别是当我看到土楼变为集市、幽灵市场时，土楼和狗的许多本质的东西已经发生了变化，而楼民们原本具有的那种质朴情怀和善良品质也正在发生变化，淳朴的热情渐渐不再，某些优秀传统的东西也正在泯灭之中。人们常说，狗改不了吃屎。现在看来未必，许多土狗都不吃屎了，何况那些"明星狗"呢。再看那些在土楼集市里兜售假冒土特产的小商贩，还有那些可怜的游客……狗变成无业懒狗，游客变成了待宰的羊羔，而楼民们其实也和狗与游客一样，外面的花花世界所发生的事情，如今在土楼里都有。同时，我还发现一个有趣的现象，冬日来了，只见一些狗趴在土楼门口，把狗嘴埋在怀里晒太阳。一阵子过后，身子暖和了，它们就起来走动一下，伸伸懒腰或无神地打几个哈欠。看到这样的情景真是诙谐有趣，又生动无比，无异于众生相的演示。

现在，说一说关于我家建房子的事。我家至今，先后已换了三次房子。

我家原有两间低矮简陋不足 30 平方米的瓦房，是祖上传下来的，因为三代同堂根本无法维持下去，因此，父亲"劳教"期满回家后，便和母亲一起用肩膀从山上去挑回第一间新房。

那个时候，因为家里穷，劳动力又不足，父亲和母亲只好利用农闲或有间歇时间一起上山去砍柴。从我家到山上，约有六七里地远，父亲和母亲经常一天两个来回，也就是要走上近 28 里地远，而且，回来的路上要挑着百斤左右的干柴。而这些砍下来的干柴，有的留作家用，有的则挑到市场上去卖。一般情况下，一担柴约百斤能卖得 1 元钱，就这样一元一元积攒下来，直到新房建成。

而砌墙用的土方块，也都是父母利用中午或傍晚去捞田土或翻出水沟底下的土做成的。那个时候，我家有好几个专门用来做土方块的木格，有时候我也会去那里玩，直到天黑以后才跟父母回家。至于用来盖屋顶的那些木料，则大都是父亲到近三十里地远的山林里去砍的，然后一根一根用肩膀扛回来。还好，当时有大姨丈帮忙，大姨丈的家就在通往那条山路的半路上。大姨丈有时间就会和父亲一起去砍木料，也就是用来当屋顶中梁柱的那种，可见多么辛苦。

第二次建房子就是在改溪造田的那年头。

人有时候要接受磨难，又要受多少磨难，又在什么时候接受磨难是说不清楚也意料不到的。我们家刚刚建起的房子，还用不到两年，由于改溪造田又被拆了。

关于拆房子的事，我在一篇回忆性散文里的开头这样写道：

其实老屋早在二十年前就已迁移，迁移以后的老屋只剩下遗址，而遗址又成了河堤。因为我们这块土地水位低，那时旧河道又浅，只要连续下几场较大的雨，整个村子以及附近的农庄就要闹水灾。在这种情况下，又逢全国上下正当农业学大寨，大搞农田基本建设和兴修水利，所以当时政府就决定重新修筑一条河道，新河道的规划正好要通过我们村子，于是我们在政府的号召下，配合当前形势，从长远利益出发，把村子迁移到离原来村子不远的一块荒地上。建造这座新村的工程队是由政府从各地调派来的，建造期间，政府又给移川的每户人家补贴了稻谷120斤。就这样新村于1973年落成，并取名"公社好新村"，那也就是我们现在居住的地方。

从以上文字可以看出，尽管我们家还有几个邻居辛辛苦苦好不容易才建起一间新房，用不到两年，又被拆了。但我对当年的改溪造田是没有意见的，甚至连深怀感恩之心都有了，因为正是这次改溪造田治理了长久以来的水患，实在可算是功德一件。至于第三次建房子是近年的事，暂且按下，以后再说。

让我感佩至今的是，尽管当时我家面临那种窘迫境况，母亲还是一个很守本分的人，也是个非常有自尊心的人，从不向别人诉苦，哪怕自己的亲人也不轻易开口，更不会贪占别人或公家的一点点小便宜，再穷再苦再累母亲也决不向困难低头，这就是她的个性和操守。事实证明，母亲身上不但天生具有一种女性自我牺牲的精神，而且始终保持着当时知识女性的那种奉公守法的理念。

说到这里，让我想起了一件事情，也就是在改溪造田那一年（1974年），母亲因为是生产队里最有文化的人，又是个思想进步、大公无私的先进团干部和生产积极分子，因此，在生产大队的监督下，全村社员通过表决，一致推举母亲为生产队的记工员。当时的记工员责任重大，主要负责登记每个社员每天劳动的情况，到了年底的时候，生产队就根据记工员记下的账本进行工分统计，然后根据工分的多少换成工分值。一般情况下，1工分等于2工分值，也就是1工分等于2分人民币，再根据工分值多少分配粮食和发放其他生活用品包括抵扣统筹粮食等，可见，当时这个岗位是多么重要。

更重要的是，由于当时缺乏必要的监督和管理，全凭记工员的责任心和大公无私的情怀去做好这件事情，如果记工员有私心或不公正，想要多记几分给某个人或给自己是很容易的，也是没有人能够知道的，因为每年都是从年初记到年中再记到年底才结算，跨度那么大，有谁能够记得清谁曾经做过多少工、积下多少工分？换句话说，能记住自己的工分就已经非常不错了。可见，这个岗位在监督和管理方面的漏洞有多大。而当时，这些权力都握在母亲自己一个人手里。

记得，在那段日子里，我家每天晚上都堆满了人，这些人都是生产队的社员，这些人都是自己来申报工分的。那个时候，申报工分是根据男女、年龄大小、劳动时间加以区分的。一般情况下，男的比女的工分要高一些，男的每天满工可得 10 分，女的每天满工可得 8 分，年龄小的每天满工可得 3 至 4 分，迟到或早退算不满工要扣分。还有一种情况就是，有时候生产队是采取半承包制，也就是一块土地让几个人共同去完成，最后所得工分平均分配。这么大的权力竟然全掌握在我母亲的手里，如今想来，实在是件非常不可思议的事情，但确实如此。

更不可思议的是，别的生产队当记工员的人，其家庭及亲戚的年底工分总结总是盆满钵满，富足有余，而母亲当生产队的记工员，当了好几年竟然每年都欠生产队的工分，不但粮食等无法按时全额领回，每年都还要上"学习班"。当时工分不足无法完成统筹粮食款的人要上"学习班"去完成任务，在那段时间里所有的劳动都是不计工分和报酬的。有一年，由于欠工分太多，母亲上"学习班"还还不了债，为了还清债务，母亲竟主动要求拆去我家屋顶上的瓦片去抵债。当时工作组的成员看到这种情况都很感动，不敢接受母亲抵债的方式，后来在母亲的执意要求上，工作组的成员让母亲立字为据，才敢接受。由此可见，母亲是多么老实本分又不认输的一个人。至今母亲还保持当年的这种自尊心和要强心理。或许，这既是她的美德，也是她的弱点。实践证明，有时美德也很脆弱。

父亲"劳教"结束后，回到家里，母亲立刻松了一口气。尽管父亲的公职被取消了，但是，回到家里后还是给家庭带来了和煦的阳光。正因为有了和煦阳光的照射，母亲的脸色才开始稍微有点红润，其实这也是青春散发出来的魅力。从此以后，劳动变成了一件令人快乐的事情。事实上，劳动本来就应该是人类的一大美德。父亲每天和母亲一起，日出而作、日落而息，不亦乐乎。

那个时候的劳动，最重要的任务之一是分土方，也就是平整土地。

说明白一点，就是把高的地面平整下来，多余的土挑到地势低的地方。根据每天添的土方多少而获得工分，以换取年底的收成等。小时候的我，也曾经参与过这项劳动，只是时间不长，劳动的成果有限而已。总之，我也体验过劳动的快乐。因此可以说，从某种意义上讲，我之所以有今天相对健全的思想，绝对和小时候的经历和劳动有关。我认为，劳动不仅是件快乐的事情，更能发挥和体现人的本色。

父亲是在干了 13 年农活后才重返工作岗位的。对于普通人而言，13 年也许不算太长，只是人生的一个阶段而已。然而，对于父亲而言，这 13 年是何等的漫长，简直比别人一辈子甚至几辈子还长。尤其是这 13 年正处于他人生的黄金时期。他落难那年才 30 岁出头，重返工作岗位时已接近 50 岁，这样的人生经历对于每个人而言都是不言而喻的，简直是人性和命运的双重摧残，对于我们家每个人而言，也是如此。那个时候，我们的家庭同样处于最黑暗的时期。

父亲人生出现重大的转折，客观地说有以下几个原因，一是时代，二是自己。在那个畸形的年代里，许多人的命运都受到了扭曲，而这种扭曲是不由自主的，甚至是无可避免的。也就是说，发生在哪个人身上也许不知道，但肯定要有一部分人甚至一代人的青春和命运来陪葬，这就是历史，这就是畸形的年代所必须付出的代价。自己造成的原因主要是和个性有关。俗话说得好，枪打出头鸟。说的大概就是这个意思。如果当年的父亲不那么锋芒毕露，又存在那么明显的人性弱点，也许他的命运就会完全不同，但是，谁又能主宰命运呢？

可以想象得出，在那短暂而又漫长的13年里，父亲和我们的家庭度过了怎样的艰辛，又经历了多少挫折和考验。尽管如此，13年后，我们全家终于又迎来了希望和曙光。记得，父亲平反后，有一次在吃饭时，不由自主地脱口说出一句话来，他说："吃吧，终于可以放心吃饭了。"这句话听在许多人耳里也许很普通，但是听在当时只有14岁年纪的我耳里却产生了巨大的震撼。后来，我把当时的心情和感受写成一首诗，题目《吃吧——》，如下：

"吃吧——"

一句话
被腌制起来
犹如咸菜
封存在盐缸里

"吃吧——"

一句话
说不出来
对于一个人来说
无疑是很痛苦的

"吃吧——"

一句话

压在肩膀上

往往让一个人

想站也站不起来

"吃吧——"

一句话

卡在喉咙里

当一个人说不出话来时

他的痛苦是无法想象的

"吃吧——"

你终于说出这句话了

当你说出这句话时

盐缸就破了

一句话显得很轻松

"吃吧——"

这句话

是父亲亲口对我说的

当父亲说出这句话时

心灵就解脱了

"吃吧——"

这句话
在暗中积攒着力量
当力量得到爆发时
心灵的枷锁就开了

"吃吧——"

"吃吧——"

……

与此同时，我还写下另一首诗叫《与石头握手》，如下：

与石头握手
石头坚硬的目光
让我敬佩
有力的手腕
更让我感动

我知道石头

为什么一直沉默着

那是天上的白云

在无意中

透露出来的秘密

我不愿打破

石头宁静的梦想

因为石头的灵魂

还安睡在空中

　　记得，当时我写下这两首诗时，心灵是受到震撼的，一则是因为父亲的冤情终于得到昭雪，二则是因为家庭终于摆脱了精神上的煎熬，包括来自生活上的艰辛。如果往深里挖掘，还可以在潜意识中找到另一种解脱。

　　我只知道，父亲是在特殊的年代里因个性原因而蒙受冤屈的，而爷爷（即外公）是在最困难的年代，遭受太多的变故而身心疲惫的，不如意事常八九，其实这是人生定律，因此也不必太奇怪。事实上，外公过世后，留给我的印象是很深刻的，而我对他的命运其实是充满人性的同情的。当然，这是后来的事情。

　　话说回来，父亲的冤情得到昭雪后，我家屋里屋外又都充满了阳光，那些会微笑的阳光又都跑出来荡漾在脸上，也因此一扫过去黑暗日子里的阴霾，心灵的负担顿时减轻了许多。也因此可以把这次的改变视为我家重大的转折，而这就是命运吗？如果人的命运都要遭受到如此折腾，那么，人生也未免太残酷了。

不过，进而思之，世间万物何尝不是如此？如果万物有灵的话，风雨雷电、阴晴圆缺，包括白天黑夜、日月循环等何尝不是另一种折磨或考验？

人逢喜事精神爽。当好运气到来时，有时候想挡也挡不住是一回事，关键是会扫掉一切不愉快。我们家当时就是那个样子，父亲的冤情得到昭雪后，亲戚朋友们又开始有往来了，而且，每次见面总是挂着笑脸，好像他们的脸上也都堆满了会微笑的阳光一样。这是我看到的亲戚朋友们的第二张笑脸。

我看到的亲戚朋友们的第三张笑脸又是阴的，其实这也是可以理解的。那个时候，亲戚朋友们的日子大都还很苦，一年到头，每天起早摸黑下地干活，到头来精疲力竭不说，始终盼不到好日子，生活的重担还压在他们的身上，因此，当他们看到父亲冤情昭雪后，便认定我家必获得了一笔钱，于是常有人伸手过来要借钱。实际上，父亲冤情虽昭雪，但获得的补贴却很少，根本谈不上什么。尽管如此，我们家已是高兴万分，可有些人就不理解也不相信，于是脸色就又晴转阴了。其中最有代表性的莫过于父亲的兄长，也就是我的大伯父，还专程走很远的路来要钱，要不到就大吵大闹，出尽了洋相，兄弟间的感情也因此而再次受创。

说起我这个大伯父，我还想要多说几句。当年父亲娶我母亲时，父亲原本是有些嫁妆给母亲的，可我这个大伯父却跟我父亲争嫁妆，包括金银首饰等，那些原本都是父亲平时省吃俭用积攒下来的，我真想不通大伯父跟我父亲争嫁妆有什么正当理由，不过，这些其实都不重要，人在贫穷的时候，任何贪婪的嘴脸都会显露出来。换句话说，人有时候是不该责怪这种事情的，因为这是没办法的事。

不久之后，我家又迎来了一件大喜事，即按政策规定，教师家属子女都可以"农转非"，这件事情在当时的人们看来简直是天大的喜事。事实上也是如此，我们家做梦也没有想到，会迎来如此大的命运转机。说实在话，当时的农村都被苦日子吓怕了，"农转非"意味着我们家从此可以摆脱"面朝黄土背朝天"的苦日子，这是多么难得的一次大转运。记得，当时周围的人们无不投来羡慕的目光。

现在可能有些人不知道或无法体会到当时的"农转非"意味着什么。说白了，"农转非"就是可以让一个农民变为居民，而居民可以享受不用劳作就可以每月分配粮油等的待遇。也就是说再也不用为每日三餐的粮油犯愁了，这是多么昂贵的恩赐啊。至今我还记得，当我们家第一次领到那本红色粮油证时，全家沉浸在无比幸福和温暖之中，心下想，好日子终于到来了。

然而，历史总是非常喜欢开玩笑或作弄人的。现在的居民除了意味着或是指失去土地的那一部分人之外，别无其他作用。也就是说，当时我家若没有"农转非"，或许现在还可以像其他农民兄弟一样分到一大片土地，然后或耕作或转租或改变用途，岂不活得更有依据？历史就是这么让人哭笑不得，并且猝不及防。

不一样的藤条

　　如果继续把人生比喻成藤条的话，那么，我要说并不是每条藤都是不一样的。有些藤条能适应新环境的变化，有些藤条可能就不那么容易融合在一起。

　　1993 年 8 月，我从北京鲁迅文学院学习归来，10 月份与朋友合办一家租书店，特意请父亲和母亲来看管。父亲在前一年刚退休。

　　那是一家简易的租书店，地点就在旧中山公园里的一间小石屋里，那间小石屋大约只有十几平方米。在此之前，旧中山公园里管理还很不好，那间小石屋门窗爬满青藤，掩蔽在浓阴底下，里面也缺少打理，堆满杂物，还布满蜘蛛网。公园里管理处听说我们要租那房子开书店，首先是露出讶异的眼神，似乎不敢置信，因为那房子靠近河边，水位低，又是连鸟都懒得去光顾的地方，怎么可能开书店？后来看我们很认真的样子也就很快同意了我们的请求，并签下合同，就这样，我们的第一间合办的租书店正式落户旧中山公园里，之后不久便热闹起来，这是后话。

　　且说，父亲和母亲从山格搬到县城就住在那间十几平方米的租书店里，里面三分之二用来摆书架供人看书，三分之一放一张床供父母亲休息，还要放一张小桌子，供吃饭时用。当时，我每天三餐也都在这间小石屋里和父母亲一起吃饭，然后去上班。如今想来真是不该，让父母亲晚年还这么辛苦，可也是没办法的事。

如今，眨眼间，许多年就这样过去了。几年前，在父母亲的帮助下，我花十几万元在县城购置了一间临溪的套房，这应该算是我家建的第三间房子，但比起以前，这次建房子算是最轻松的，因为只需花点钱就可以拥有自己的房子，不像以前，建房子什么事情都要自己做。人生一辈子往往要花很多时间和精力在房子上，真是很不应该，可这也是没办法的事。每个人的人生似乎都是这么在折磨自己。

这些话现在也暂不细说，同样留待后叙。且说父亲在我眼里其实像个哲学家，少言寡语，一说起话来很容易激动。我知道，父亲人生中最宝贵的时间都葬送在那个被扭曲的年代里，他没有机会去和外界正常接触，以致形成哲学家般喜欢孤独和独自思考的个性。事实上，他的这种个性已经被那个年代给扭曲了，潜意识中已经与现实社会相融洽，或许，这就是形成个性悲剧的主要因素。

父亲喜欢住在县城，其实这点我是能理解的。父亲从小生活在农村，因为读书而改变了命运，也因为读书而被命运改变，时代和个性注定他的一生必经历一段严峻的考验，因此，从某种意义上讲，他其实是被时代和个性抛弃或冷落的人，包括生养他的农村也成了他的伤心地。他从一座村庄来到另一座村庄，可是原本朴实的村庄在那个年代里不仅同样没有给他温暖和安慰，还不断往他伤口处撒盐，他能不在潜意识中选择逃离而向往县城乃至更大的城市吗？当然，这和他的个性、修养以及胸怀乃至理想和抱负有关。正如他的命运际遇一样，当年如果不遭遇那些事，也许他的命运完全不同。从这点来看，父亲确实是适合居住在大地方的，可是，命运往往没有选择余地。

而我的母亲则有所不同，她来县城居住是不太习惯的，可以说她是在县城住了近 20 年后的今天，才总算适应了这个小县城。可见，人确实是有差别的。不过，其实我也知道，母亲不太习惯于住在大一点的地方，除了是因为她已经习惯于住在乡下不说，更主要是因为她其实是被吓怕了的。母亲一辈子安分守己，可是命运总是把她推到悬崖边，这让她不得不更加谨小慎微，不敢心存半点非分之想，更何况，她本是个很有正义感和正气的红色青年，只因生不逢时和命运的差错与误会，才让她的心灵伤痕累累，不堪重负。好在母亲是个非常坚强之人，从不轻易向困难低头，再苦再累她也要挺住，而且一定要挺得比别人风光一些。

记得，在最困难的时期，父亲和母亲上山去砍柴，由于父亲不是一个很耐劳的人，往往都要母亲帮他，才能把一担一担的柴火挑下山。那个时候，母亲总是先把自己肩上的柴火挑到山脚下才又上山帮父亲挑一段路程，一个大男人需要一个小女人如此帮助其实是不该的也是不合理的，但是母亲这一咬牙就是好几年，她生命的坚强和韧性由此可见。不过，有些时候人是很难用几句话评价的，父亲当年的不堪重负，与其说是体力不行，不如说是经过那段劫难后身心俱疲的结果。说到这里，还有一个细节也值得一提。

小时候，我家每年都要养几批次的猪，这些事情也全部都是由母亲自己一个人承担，从买仔猪到卖大猪无不如此。更重要的是，养猪其实也不是一件容易的事，尤其是对于一个贫困家庭来说，一头猪经不起太多的折腾和损失，因为一头猪的价值有时候要付去大半年劳动才能换回。可是偏偏母亲又是一个很要强而且很爱面子的人，有几次，刚买回来的小猪崽病了，她整夜都睡不着，半夜起床好几次去看猪崽。还有一次，小猪崽病死了，白天的时候她不敢拿出去扔掉，藏在灶前柴火处，等晚上才偷偷扔掉，眼泪流了好几回，心疼不已。

母亲从小到大生活在乡下，那里有她熟悉的一切，而这一切又早已融入她的血液并进入梦中，她对那块土地很有感情甚至产生了某种情感和现实生存的依赖，这是可以理解的。另外，或许也是因为她一辈子少跟外界打交道。至于父亲，也许是因为当初他心灵的创伤太深了，不愿再提起故乡也不愿再受束缚，所以就像一位哲学家，走到哪里，思想就到哪里，哪里都可以是他的故乡，而且越大的地方他越喜欢，至少心灵深处有这种潜意识。当然，相信还会有其他情愫留在他内心的深处。其实每个人内心何尝不是如此呢？

我有一座心中的堤防。记得，30多年前，也就是"7·29"大洪水过后那年头，平和县山路地面上日夜不停地反复唱着一首歌——

举纲学大寨，排除千万难；

党委带头干，三万同心战；

军民一条心，削平两座山（寨仔山、乌石山）

驯水流直线，大造棋盘田；

改溪造田除水害，敢教山河换新颜。

……

正是在这首斗志昂扬歌曲的鼓动下，山格3万多人民和全县人民一起，掀起一场"重建家园"的群众运动热潮。记得，当时还流行着一句十分振奋人心的战斗口号，那便是"驯水流直线，大造棋盘田，党委带头干，三万同心战"。这句战斗口号，确实让当时的人们热血沸腾并创造出了奇迹。

1974年10月23日（恰逢九月九重阳节），山格"改溪造田"工程正式启动了。该工程旧河道总长 6668 米，截弯取直后为 1600 多米，河道宽 60 米，还要建四座跌水坝、三个排灌涵洞、一座百米长石拱大桥。正是这样一项大工程，当时政府计划要在 3 年内全部完成。众所周知，在当时的历史条件下，要在 3 年内完成这样一项大工程很不容易。不像现在，有推土机、铲车，还有运输车队，只要搞个工程承包，包管能够按时完成任务。须知，当时靠的全部都是人力，运输工具最先进的就是手推板车，还有就是锄头和畚箕。尽管如此，当时家乡公社党委书记曾南湖还是信心满满，决意要打一场漂亮战，向党和人民汇报。

有一天，正当人们在工地上奋战时，工地上驶来一队小汽车，当时能够看到小汽车简直是个奇迹，何况是一整队。公社党委书记曾南湖马上迎上去，他知道一定是某个大人物来了。果然，从小汽车上下来了一位将军，他就是前来视察现场的福州军区司令员皮定均。当皮定均司令员听完曾南湖汇报工作后，当即就说："三年太久，要下决心发动群众奋战一冬季就搞完！"曾南湖的头"嘭"的一声大了，嗡嗡直响，心想，这怎么可能呢？然而，皮定均司令员已经发话了，肯定没有不可能的事，于是他马上就说："群众看干部，只要党委带头干，群众的力量能搬山！"听到曾南湖这样的表态，皮定均司令员非常高兴和满意。

"冲过去，三年任务一冬完成！"曾南湖仿佛立下了军令状，3 万多干群在曾南湖的一声号令下齐心协力，迎难而上。紧接着，各大队任务包干，开展竞赛；党员干部，带头参战；木桩不足，内山支援；石料短缺，向群众打条先借；时间紧迫，挑灯夜战；苦干加巧干，干群一起上。最艰巨的任务就是大桥施工，为了抢时间，鼓励干群奋斗，曾南湖还亲自跳下冰冷的河水，与大家一起打桩下基石。眼看任务依旧十分艰巨，正当工程进入最紧张的施工阶段时，福州军区司令员皮定均下令解放军某部赶来支援，日夜不停奋战，整个工程终于按时完成，创下了军民共建的佳话和奇迹。正所谓，喝水不忘挖井人，一座"军民堤"就这样落成了。如今，一块镌刻着"军民堤"的石碑就耸立在桥头，字迹刚劲有力。

在此之前，家乡每年都要遭遇几次洪水灾害的威胁，自从军民堤落成以后，家乡再没有被洪水淹没过。军民堤至今已有30多年历史，经历了无数次的洪水考验都稳固如初，谱写出了一曲可歌可泣的篇章，垂范后代子孙。

今天，军民堤又谱写出了一首新曲，既浪漫又清新。每逢夏天的傍晚，军民堤上便会出现人山人海的景象，许多来自周边和县城的人纷纷来到这里游泳，外地的游泳爱好者也纷纷赶来这里，有时候还进行比赛。军民堤下那条河叫作"驯水溪"。名字来自当时流行的那句战斗口号。如今，驯水溪俨然成了周边和县城来的人们休闲、娱乐和健身中心，同时也成了观光的好去处。

军民堤上有一条宽敞明亮的水泥路，路边绿树成荫。军民堤岸边还有一条用鹅卵石铺就的休闲走廊，专供人们娱乐和健身。不仅如此，堤岸上还建有休闲观光的亭台、轩榭，同时还用一块石碑刻下《二十四孝图》，让人们在休闲、娱乐和健身之余不忘滴水之恩和感受母爱之情。总之，昔日军民堤谱写出了一曲军民共建、振奋人心的凯歌，如今，军民堤和驯水溪又被赋予了新的文化内涵，并且成为时代的缩影和背景，这是值得关注和思考的一种现象。当然，我今天为军民堤写下这篇文章，绝不仅仅是为了解读某种现象和文化内涵，更重要的是为了说出一句话，即军民堤见证了一段精彩的历史，并将驰向永远。因此，值得回忆和记录。其实，这也是历史赋予每位写作者所应共同承担的义务和使命。

其实，每个人心中都有一座堤防。不信，你只要沉思一下，那座堤防就会马上浮现，而我心中的堤防，就是家乡的这座军民堤。

跌倒的阳光

　　父亲第一次跌倒之前，他连续做过几次同样的梦，但他都没有对谁说。跌倒之后，父亲也没有说过有关梦的事情。过了一段时间，有一天，父亲突然对母亲说，他连续做过几次同样的梦，梦中见到已逝很多年的老母亲来找他，但没找着，只在公司大门口转了一圈就不见了。我是在无意中听到这句话的。我听到这句话时，发现父亲的表情很庄重，而母亲的表情很迷乱。我因此知道，我不能继续在这个地方住下去了。

　　我住的这个地方是单位的宿舍，我在医药公司上班，单位分给我一间房子，还不到 30 平方米，我向单位一位同事要了另一间房子给父母亲住。那位同事自己建了新房搬出去了，我给他 1200 元作为转让费，然后房租由我交，他答应了，毕竟是同事也不计较其他。那间房子在二楼，和我分到的房子同一层，一个在左边一个在右边，相隔不到 50 米，中间是公司的办公楼，算是很不错的地方。

　　父亲因为常年高血压，不能喝酒，但从脸色上已经可以看出来他的血压一定很高，脸色总是红红的，但他的胃口还不错。父亲去检查过身体，拿回了一些药，但他经常忘记吃。那年父亲快 70 岁了，头脑有点固执，往往表面说好，转过身又忘记了。其实我知道他是故意不吃，认为自己没什么事。意外因此而发生了。

那天是个星期天，母亲因久未回山格老家，而提出要回去一趟，我没意见。那个时候，我已经专门在家当自由撰稿人了。而那个时候，公司也已经进入多事之秋，由于经常出事，政府开始害怕，干脆准备把公司卖掉，因此员工上班也是个个心不在焉乃至人心惶惶，毕竟一个国有医药公司说没就要没了，员工面临全部下岗的境地，难怪心理会不平衡。但是，于我却是无所谓的，正好有时间专业写作，这不就是我的梦想吗？正因为如此，我甚至有一种幸灾乐祸之感。

但是，那一天，母亲一大早回山格老家后，我老是觉得心神不宁，似乎预感到什么事情要发生一样，老是定不下心神，无法安心写作，就这样在房间里彷徨着。然而，不祥的预感越来越强烈，我突然意识到了什么，于是就放下手中的笔向父母亲住的那间房间走去。父母亲住的那间房间我没有钥匙，只能从窗口往里看。这不看不打紧，一看吓一跳。只见父亲跌倒在床前的地板上起不来，在那边挣扎着。我因为没有钥匙而进不去就拼命想要撞开门，但由于那排房子走廊太狭窄，使不上劲撞不开，我只好赶快找来一张椅子垫脚，然后从房门上的翻窗挤进去。可是，当时那个翻窗为了防盗，中间插了一根铁条，要进去很难。心急之下，不管三七二十一，我把头先挤进去，再挤进身子，挤得手臂肩膀的皮都破掉了，却还卡在中间进不得退不得，因为是星期天，也没人上班，别的人家也都在自己家里，因此也没发现。

邻居有一对老年人，东北人，一胖一瘦，瘦者为男，可正在病中，胖者为女，行动不便，又因口齿不清，一句话讲半天也不完整，听不懂她要说些什么，再加上自己也是气喘如牛，根本指望不了她能帮上什么忙，只好自己拼命往里挤，所幸终于让我挤了进去。进门以后，我已经顾不得手臂肩膀的皮怎么样了，赶快扶起父亲。此时此刻的父亲，手脚无力，已有偏瘫的迹象。二话不说，我马上叫来三轮车，扶着父亲上医院了。这是父亲第一次跌倒的经过。这也是我第一次看到阳光跌倒的情形，包括我狼狈的样子。

父亲第二次跌倒是在三年后的某一天，这次跌倒更加惊险和意外，也更让家里人惊魂和担忧。人有时候往往就是这样，瞬间的跌倒就可能改变人生和命运。

一连多天的阴雨，把一个好好的天气，闷得冬天不像冬天，春天不像春天。父亲这个人有个习惯，一天不出门几趟去散散步就会闷得慌。那几天连续阴雨，把他憋得脸红红的，他一边看电视，一边把遥控器按来按去，频道换来换去，也不知道该看什么或想看什么，要不就把电视开得很大声，吵得母亲受不了，就大声说起父亲来。父亲只好乖乖把声音调小一些，但显然他并不在意电视里的节目，心不在焉，心烦意乱，一门心思就是要出门去。他到阳台上去看了好多次了，大约上午九点半的时候，外面的雨终于小很多，只剩下蒙蒙细雨，父亲再也忍不住了，迫不及待就出门去散步了。

十点左右，家里的电话响了，母亲去接电话。平常，家里的电话都是母亲接的，因为打电话来的人大都是找她的，要是找我就会直接打手机。母亲接电话时说什么我没注意听，只下意识感到这个电话似乎不是什么好消息。果然，母亲放下电话后就马上喊我。母亲说："你赶紧去看一下，刚才有个人不知是谁打来电话，可能你爸在外面出事了，赶快去看下。"我一听，蒙了一下，问："在哪里？"母亲说："就在对面河边。"我夺门而出。为了赶时间，我从小区后门爬铁门而过，平时物业为了安全和便于管理，小区后门都关着。

小区后门隔一条马路就是河边了。四下张望，因为连续下雨天气阴冷，周围的人并不多，很快我就发现河对岸有几个人在那边，我知道父亲就在那里。当我赶到那里之后，顾不上喘息，已看到父亲坐在堤岸上打抖，双手提着湿漉漉的裤子。很快我就知道，父亲不小心跌落河里了。父亲是因为突然肚子痛想解手，而周围又找不到可以方便地地方，情急之下，见四下没人就下到河边。那河边有个堤岸，高约3米，有台阶可以上下，就从那台阶下到河边去解手，然而，刚要脱下裤子蹲下去解手时，父亲因为年老，加上天冷手脚迟钝，不小心就跌落河里了。幸亏那里的河水不深，否则就麻烦了。

父亲命大，几次都绝处逢生，这次也不例外，就在这关键时刻，父亲遇上了人生中的大贵人。河对岸突然出现了一辆摩托车，车上有两个年轻人，三十五岁左右。那两个年轻人从对岸看到有人落水，赶快飞奔而来，二话不说就把父亲从水里捞起来。那两个年轻人真是父亲的大救星，尤其是其中一位，更见赤诚和爱心，当他们把父亲救起来时，见父亲头脑还清醒，于是就问父亲家里的电话，然后就用他的手机打过来了。

那个时候，正处于冬末春初之际，天气很冷，为保暖父亲还穿着两条棉裤，落水后，父亲那两条棉裤因吸水太多，显得十分笨重。而此时此刻，父亲脸色苍白，气喘如牛，急促而惊魂未定。看到这情况我也是惊恐万分、紧张不已，幸好头脑还算冷静，除了赶快替父亲解开脖子处的衣扣外，又安慰了他几句。一切也仿佛都有天意，这个时候有一辆三轮车刚好来到附近，我赶快叫住，然后在那两位救命恩人的帮助下，扶着父亲上了三轮车。就这样，我坐着三轮车扶着父亲回到家里。在家门口早已等得焦急万分的母亲赶紧配合我帮父亲换上干净的衣服，然后母亲冲泡了一大杯糖姜水给父亲趁热喝下以驱寒邪。

稍顿之后，才恍然一醒，没有问清楚两位恩公家住哪里，也没有及时留下电话号码。按理，事后我必须找个时间去答谢一下两位恩公才是，只可惜错过了时机，实在很不应该。如今，我只好通过这篇文章略表寸心和谢意。其实，大恩本来是不用言谢的，上天早已明鉴，但我还是要把这件事情记录下来，以铭记于心。

父亲第一次跌倒后，紧急送到医院救治，经反复检查后得知，父亲是得了轻微脑血栓，主要是因常年高血压引起的，幸亏及时送治，否则后果不堪设想，或因此可能出现手脚偏瘫的症状，吓出了全家人的一身冷汗。半月后，父亲出院，但脑血栓最大的麻烦是一旦发生，便无药根治，患者唯有在平时按时吃药方可确保健康，父亲就这样从此得了这老毛病，实在也很无奈。

得过脑血栓的人，还有一大麻烦就是最怕感冒，因此稍有天气变化便要提醒父亲注意冷暖。然而，父亲又是一个在家坐不住的人，每天必定要到外面到处去走走，往往一出去就几个小时。更要命的是，父亲出门散步从来不愿主动带雨具，经常淋雨回家，再加上怕热，天气转热时，睡觉时盖被子总不严实，常常感冒，这就犯下了得过脑血栓的人的大忌，因此，总是让家里人很担心。

父亲第三次跌倒，差不多是在第二次跌倒两年之后，这一次跌倒也很惊险，幸好是在小区里。父亲每天都要出去散步好几趟，不然在家就坐不住。但是，也许是因为散步的时间太长了，太累了，也许是脑血栓的后遗症作用，那天，父亲进入小区大门就开始小跑着回家。他的异常举动引来了小区保安的注意，同时也引起一些人尤其是小孩子的好奇。

父亲仿佛变年轻了，竟然跑步回来。没想到不到两分钟时间，意外事情又发生了。

原来父亲跑步回家并非变年轻了，而是身体失去平衡，属于脑血栓后遗症的偏瘫迹象。父亲这次跌倒并非一下子倒在地上，而是身体失去控制后撞在墙上。幸亏那面墙前有一堆沙土，减缓了父亲奔跑的速度，从而减轻了受伤的程度。尽管如此，父亲的额头还是撞破了皮，血流满面。在几个小孩的惊呼声中，小区保安赶来了，把父亲送回家。父亲这一撞，也是撞得惊心动魄。人到了一定年龄，任何事情都要格外小心。从此以后，家里人对父亲的身体健康格外注意了。也因此，父亲的生活起居被照料得无微不至，从而身体还算健康，而这一切却累坏了母亲，母亲常常累得浑身不舒服……

对于儿女来说，父亲就像阳光，而母亲就像月光，跌倒的阳光，常常会给人受挫的感觉，尤其是在冬天的时候，自然会令人更加抖颤。

土根

　　若要说到我的故乡和故乡留给我的质朴印象，我更愿意首先要提到一个人，他的名字叫：土根。其实，土根这个人没有什么特别，他和全世界所有最普通的人没有什么两样，可以说平凡得不能再平凡了，就好像路边的小草一样，简直不值一提，但是我却记住了他，因为他和我家有缘，想当初在困难时期，他曾经很热心地帮助过我家许多忙。当然，他也帮助过许多家庭的忙，譬如我的邻居张家，也是他重点帮助的家庭，这也是我会记住他的原因。

　　说起我的邻居张家，我不得不说一段小插曲。我的邻居张家在那个时候也算是一个不幸的家庭，和我家的情况虽然不一样，但多少也有点相似的地方。那个时候，社会也正处于困难时期，也因此，大部分家庭都要靠出卖劳力才能生存，而我家里也因为缺少劳力，需要有人帮忙，尤其是农忙的时候。我的邻居张家也一样，家里男人少，更不幸的是，张家唯一的男家长，也是家庭的顶梁柱，不幸得病死了，可想而知这个家庭当时所遇到的困境。话也不扯远了，还是回过头来说吧。

　　土根这个人，现在年龄六十开外，人长得五大三粗，力气大，从小不畏寒，哪怕深冬的季节，也只是简单穿一件衣服、一条裤子还有一双解放鞋，有时候只穿一双拖鞋，一辈子都很少穿袜子。平常的时候，更是"光棍"一条，所谓"光棍"并非指他没有要老婆，而是指他身上只穿一条宽裤衩，然后光着脚也光着身子，天热的时候，身上多了一条汗巾，头上多了一顶斗笠，然后什么都没有。就这样，他过着自己的生活，当然，他有老婆和孩子，日子也过得很简单。

记得，我小的时候，土根经常来我家帮忙做一些事情，田间地头、卖猪买猪，或其他重一点的活，只要叫一声他保准到，从不推辞。万一碰上凑巧的事，一时半会腾不出身来，他总是会很快忙完，然后就过来帮忙。土根是一个很好说话的人，在一般情况下，总是随叫随到，所以我对他印象深刻。尤其是在那段日子里，我的左邻右舍、亲戚朋友们都躲着我们，因为我的父亲是个劳教犯，只有他，这个名叫土根的老实人，从不拿有色眼镜来看待我们一家人，还经常过来帮我家的忙。

土根确实是个很朴实的人，他没有读过书，但力气大而且没有偏见，对谁都一样热情，因此很受欢迎，尤其是他乐于助人这一点，让我印象深刻。土根和我家并没有什么特殊的关系，他来我家帮忙也没有什么特殊的原因，纯粹是因为我家有事情找他，一喊他就过来帮忙，其他人叫，他只要有空也都会去，他这样做，也不是有什么目的、想法或者要求。忙完事情的时候，请他吃一顿便饭就可以，如果再喝杯小酒，然后再送他一包普通的香烟，他就很满足了。有时候如果帮忙的时间短，喝一杯茶他就走了，连饭也不吃。几十年都是如此，他就是这样一个简单的人，也正因为如此，他进入了我记忆当中，让我时常想念。每年过节时，母亲都会备一份小礼亲自送到土根的家里，算是表示感谢，没有别的意思，乡下人就是这么简单，这么朴实和可爱。

十几年前，我家从乡下搬进县城居住。不过，每年我们都会回去几趟，到左邻右舍、亲朋好友家走走，聊聊天之类，而每次我回到乡下，总是会想起土根这个人，尤其是想起当年他帮我家卖猪买猪的情形。记得，那个时候我几乎每次都跟在他的后面，帮他推板车，到集市上去，然后，看土根怎样帮我家卖猪买猪。那个时候，并不是每天都有集市，按规定是每周一集市，后来变成两集市，逢二和五便是集市日。有趣的是，到集市上去的人大都很固定，大约主要有两种人，一种是像我们这种卖猪买猪的，另一种是猪贩牛贩之类，这些人几乎逢市必到，而土根因为常帮人卖猪买猪，因此和这帮人很熟。有时候，常常是载猪的板车还没停稳，这帮人就先围过来，对着猪指手画脚，品头论足，拿出自己的高见。

　　这个时候，土根会对这帮人说："别急。别急。让车停稳，把猪卸下来再说。"于是，那帮人有的就走开了，有的还站在旁边等候。而这些人的心思早就被土根摸得很透，知道这帮人只是先来看猪相，顺便套个价钱而已。果然如此，等猪卸下来后，站在旁边的猪贩就又马上围过来，这个拍拍猪屁股，那个拧拧猪耳朵，有的还用力抓起猪的后腿，弄得猪们嘎嘎直叫，很不高兴的样子。这个时候，我会先递给土根一包烟，土根也会不好意思地接过烟，然后，拆开来，抽出一根点起来，狠狠地抽上一口，接着，便开始施展出卖猪买猪的本事。

　　土根卖猪买猪确实有一套，明明是普通的猪，被他说几句就变成良种猪了。譬如一头腿脚长的猪，看上去猪相并不很好，他会一边抽烟，一边东张西望，然后看准一个猪贩或要买猪的人，他会走上去把他拉来，然后对他说："你看看，这猪品相多好，腿脚长又粗壮，只要肯给它吃，绝对半年就能养上三百斤以上。"那人被土根左一句右一句说了一通，果然很快就成交了。又譬如一头腿脚短、头尾圆的仔猪，土根也会很快找来一位或几位，并对他（们）说："你看看，这猪品相多好，腿脚短，头尾圆，这种猪嘴路好，给什么它都吃，不用养多久就可以卖了。"果然，也很快成交。跟在土根后面，看他帮我家卖猪买猪，我总算见识到一个普通农民兄弟的养猪选猪的专业水平，简直比兽医更懂得猪的良莠，这让我深感佩服。不过，有一点让我难以理解，土根为什么自己家里不养猪呢？后来我才知道，他们家不知怎么回事，再好的猪让他养也养不好，真是邪了。所以他干脆不养猪，专干农活，剩余时间就帮助别人，然后，再挣几句感谢话，回到家里，睡得舒舒服服地，这就是土根的生活方式。

听说，土根现在还是老样子，没有什么变化，依旧是在深冬的季节，只穿一件衣服、一条裤子还有一双解放鞋，或一双拖鞋。平常的时候，依旧是"光棍"一条，只是身上多了一条汗巾，头上多了一顶斗笠而已，依旧谁家有忙帮谁家。不过，听说现在请他帮忙的人越来越少了，不是因为他年纪大的原因，他虽年纪大一些，身体还是那么壮，力气还是那么大，身上的皮肤还是那样油黑发亮，雨水落在他身上也会像珠子一样滑落，从不拖泥带水。请他帮忙的人之所以越来越少，是因为许多家庭现在已没有太多重活了，要是有，现在服务到位的事情很多，根本不用请人帮忙，譬如卖猪买猪，都有商贩直接开车来往，省事不少。再说，现在养猪不像过去养三头五头、七头八头，而是几十头、上百头，而这不是土根一个人能够应付得过来的，因此，土根现在比较闲，只在自己田间地头忙。

不久前，我回过一次乡下，路上恰好遇上了土根，我停下自行车，叫了一声："土根。"土根回过头来，看着我好像有点陌生的样子。的确，我已有好多年没见过土根了，难怪他一时认不出来。何况，在县城待久了，日子也比较清闲，偶回乡下，乡里人一看就觉得不一样，总免不了说上这么一句："城里人就是不一样，又白又胖又年轻。"真的是好话说尽了。土根笑笑地看着我，我注意到他的眼神和脸上的皱纹，尤其是眼睛笑起来，眼周的皱纹更充满岁月的无情。

土根真的开始要老了，不过，他很快就认出了我，一开口就叫出了我的名字，笑得也跟孩子似的，纯纯净净，没有半点虚假的东西，相比时下，现实的冷漠让人感慨万千，也因此倍加珍惜乡下人情感的可贵，包括原有的那种朴素和真实。

故乡以外的情感不一定完全虚假，也不一定完全不真实和不朴素，其实，天下何处不故乡？每一个故乡里也都会有一个像"土根"这样的人，只是你有没有发现或有没有记住他而已。而每一个像"土根"这样的人其实都很普通，而且普通得不能再普通，只是不知道有没有人把他当成故乡一样看待。有人说，故乡是用来遗忘的，我不完全认同。当然，如果说遗忘是为了更好地记起和珍惜，那我是赞同的，问题是我们的故乡到底变色了没有，却是值得叩问的。

龟去来兮

"嗒，嗒——"

"嗒，嗒——"

好像有什么声音，那声音很小，小到几乎听不见，因此，没太在意。

多年来，已养成一种习惯，每天早晨起床第一件事情便是打开电脑，然后去刷牙洗脸，之后倒一杯白开水端到电脑桌上，一边喝开水一边浏览几个必看的网页，看看有没有作品发出来，接着才去吃早餐。今天也不例外，窗外的天气很好。

"嗒，嗒——"

"嗒，嗒——"

那声音又响起来，于是下意识地多留了一份神。这时，隐约中感觉到脚边好像有只小动物在爬动，那声音就是它发出来的，忍不住侧过头往底下一看。

"哇哈——"

这一看顿时令我惊喜万分，高兴异常。那只失踪了半个多月的小乌龟，终于自己爬出来了，真是太意外了，又似乎是意料中的事。说实话，我差点对意料中的事感到彻底失望了，因为毕竟失踪了半个多月时间，它没吃没喝的，能熬得住吗？因此以为它再也出不来了。没想到，此时此刻它悄悄地出现并爬近我的脚边。只见它停了一下，仰着头望着我，浪子回头一般对我说："我回来了。"

我真的太兴奋，也太激动了，赶紧从座位上站起来，蹲下身子，轻轻地把它抓起。其实是用抱的。那情形和那份情感就是那么回事。仿佛抱起的不是一只小乌龟，而是一只迷途知返的小羊羔。不，应该说是一个失踪多时的可怜孩子回到家里。而当我抱起它的那一刹那，我立刻感觉到它显然变轻了许多。想想这也难怪，它实在太可怜了，失踪了那么多天，没吃没喝，滴水不沾能活着回来已是奇迹。有时候人真的也需要多份怜悯之心，毕竟它也是有灵性的动物。

事实上，当我第一眼看见它时，一边是惊喜，另一边却顿生怜悯之心。的确，它太可怜了，尤其是当我抱起它时感觉变轻许多的那一刹那，还有看见它那精疲力竭的样子时，那种舍不得的情感难以言喻。它的突然出现，让我始料未及，我原谅了它的不辞而别、偷偷出走。从它那乞怜的目光中我仿佛听到了它内心的忏悔。有些时候，适当的教训也是很有必要的。人的情感其实也是始终处于一种互相折磨与牵挂的过程，但我不知道为何会在此时对异类产生这种念头。或许，人与其他动物之间，也应有某种情感的共性吧。

半个月前，就在它刚失踪的那几天里，家里人总动员遍地找，每个房间每个角落都找遍了，就是找不到，如今它竟然自己出来了。怜悯之余，我纳闷着当时为什么没有人能够找到它。这小家伙当时是怎样躲开这地毯式搜索的呢？真是奇怪，莫非那个时候，每个人都同时出现了视觉盲点？它原是放养在一个小玻璃鱼缸里，因为它也还很小，大约三两重，原本是爬不出来的。我曾经多次留意过它想要爬出来的那种样子，真是很有意思。不过，隐隐中我又感觉到它其实很可怜。

它本来应该自由自在地生活在广阔的大自然之中才是，如今被豢养在这个小小玻璃鱼缸里，着实很可怜。不过，仔细一想，也略感释然，因其本来就是人工饲养自来的，就好像人工授精或克隆出来的小动物一样，根本不知道自然界有多大又是什么样子的，因此也不算什么罪过。尽管如此，我还是怀有一颗恻隐之心，我不知道人类有没有必要如此自作多情，但无论如何，这是一种挥之不去的情感。

曾经不止一次地，我把沙发搬来搬去或趴在地板上去看沙发底下，又或去每个角落探看，希望能发现它，也经常竖起耳朵希望能听到它爬动的声音，然后找回它，可是一天两天三天过去了，不见动静；一星期两星期也过去了，还是不见它出来，以为没希望了。非常担心它如再不出来，即便不饿死也会渴死的。母亲则更加担心了，仿佛感觉就要闻到腐尸臭味了。女儿却比较乐观，竟想象到它可能已经离开了我们家，回到那本不属于它又本应属于它的广阔大自然中。

而我虽也还心存侥幸，认为冬天到了，龟有冬眠习惯，可以不吃不喝睡上半年才出来，但又禁不住在想，小家伙没半点水解渴，真的能活下来吗？不过，担心归担心，半点办法也没有，只能静静地期待奇迹的出现。然而，就在这几乎忘记它的早上，或者尚未来得及想到它的早上，"嗒，嗒——"之声响起，奇迹终于出现了。在小家伙出现的一刹那，我真的太惊喜了。回想起早晨还在床上时就听见窗外有鸟叫声十分悦耳，顿时神清气爽，心想，莫非有什么好消息？果然应验了，真是神奇。可是，转念一想，毕竟半个月了，小家伙为什么才爬出来？它到底去了哪里？在这半个月里，它到底吃了些什么？没水喝没东西吃的日子它到底是怎么熬过来的？特别是前几天天气那么冷，又饥又饿，一定是十分难受吧。

有人说，乌龟会扑蚊子吃，不会饿死。其实这个道理我也懂，但是，养过龟的人就知道，龟的食量并不小，那几只蚊子还不够它塞牙缝呢，怎么可能活？再说现在的蚊子也快成珍稀动物了，哪来那么多蚊子填饱它的肚子？

说到这里，我忽然想到古时候一个公案：有俩和尚去印度取经，一胖一瘦，路过边防时被当成间谍抓住，那时中印边境关系紧张，凡过境者都必须严查，俩和尚私通边境被盘查也很正常。糟糕的是，俩和尚被关在一间小屋子里后，负责看管审问的人临时被抽调离开岗位，一时忘记这件事情，七八天后才有人猛然想起，赶紧打开门一看，只见那个胖和尚已死去多时，瘦和尚还活着，众人纷纷称奇。之后才得知，那个胖和尚出身富裕，平时日食三餐，瘦和尚因家贫才出家，日食一餐，忍饥受饿惯了，反而救了他，瘦和尚真是命不该绝。

表面上，此公案与本文并没有多大联系，仔细一想，其实讲了一个同样的道理，即失踪了半个月的小乌龟之所以能活着回来，实在是因为其练就龟息大法神功，与得道"苦行僧"无异，所以，有些事情还是值得信仰。

关于这只小乌龟的来历是这样的——

去年十月，蜜柚节期间，出于一时好奇，母亲从路边买回两只小乌龟。母亲生性善良而又柔弱，满怀美好的心情和愿望，此前家里曾养过一些金鱼，但都不命长，听说龟易养且长寿，又含有美好祝愿之意，母亲就买下了它们。那两只小家伙一大一小。母亲说，大者 10 元，小者

5 元，外加一包饲料 5 元，共计 20 元。我知道母亲一向精于计算，价钱是不会轻易被小商贩给算计的。女儿也冰雪聪明，笑问奶奶原价要多少。母亲说原本大者要 15 元，小者 10 元。我一听笑了。

欢喜就好。

两只小乌龟就这样被养在小玻璃小鱼缸里，那个鱼缸本来是用来养金鱼的。我特意找来一些小石头放在里面，再放些水，让两只小家伙有江河湖海的感觉。刚开始时，两只小乌龟整天爬来爬去，小石头被爬得沙沙响，尤其是每天早晨，那声音总是跟闹钟一样准时响起，真是有意思极了。可是，不久之后，有件事情让全家人手足无措，因其虽然整天爬来爬去忙个不停，但喂给它食物却不吃不喝，好像小孩子故意跟大人们赌气闹别扭一样，这样下去怎么能行呢？果然，没过多久，那只小一点的乌龟就一命呜呼了，而我也开始在替那只大点的担心了。

起初，那只小乌龟一命呜呼的消息被母亲封锁起来，她偷偷把它送走了，估计是扔到垃圾筒里，因其实在还太小，用不着太隆重。那天，我不经意地发现小乌龟不在了，就顺便问了一下，起初母亲好像并不大愿意讲，但还是讲了出来。其实不用母亲讲我也早有预感，两只小乌龟天天不吃不喝能熬多久？暗地里我确实在为尚活着的那只大点的乌龟担心了，几次想把它放生，但每次总是迟疑，要把它放生到哪里去才好？我家门口有一条河，原本是可以放生的，可是，现在那条河已经不能放生了，一放生，不出几天就会被抓走了。我家门口那条河近年来水越来越少，只好用人工堤坝把水拦截起来，可是，没几天水就会被放干净，名曰避免污水过多，实际上经常是有人想抓鱼才放水的，这种地方我去放生岂不等同于杀生？因此我是不会把它放生在那里的。我准备找个适当时间把它放生到更远的地方，让其回归大自然。

日子就这样一天又一天地过去了，那只小乌龟还养在我家小玻璃鱼缸里，它安静如初，安然无事，一动不动。我不知道它什么时候就会去追随那只先走的小乌龟而去，我担心它可能熬不过这个冬天。当然，这也和我没有养龟的经验有关。

冬去春来，有一天早晨，小玻璃鱼缸里又响起了"闹钟"，我好奇地一看，真的太让我兴奋了。全家人听到"闹钟"又响起来，也非常高兴。小乌龟竟然真的可以不吃不喝地熬过一个冬季。我粗略估算了一下，它至少睡了120天，真是奇迹。

这也是我生平第一次见证一只乌龟的整个冬眠过程，真的太奇妙了。然而，接下来的日子，更让我兴奋。有一天，我试图将饲料放进鱼缸给它吃的时候，没想到这次它竟然毫不客气就把它吃了，而且胃口越来越大，刚开始只给几粒就以为够了，没想到它竟仰着头，痴痴地望着我手中的饲料，这让我太惊喜了。要知道，这小家伙自从进了我家的门后，整整一个季节，一粒粮食也不吃，这可是第一次开尊口，不容易啊。于是我每天都要多喂一些给它，以作为补偿。

可是，不久之后，母亲开始犯难了。母亲当时只买了一包饲料，照这样下去，饲料很快就会吃完了，那怎么办呢？我笑着说，让它吃吧，饲料总有地方可以买到的。母亲就怕买不到饲料喂养它。后来，还是女儿聪明，丢了一些馒头片儿给它吃，竟然也被当成美味，真的太好了，连母亲听到也很高兴，消解了她的担心。再后来，母亲试着喂给它一些肉末，则更加惊喜了。小家伙吃起肉末来简直是狼吞虎咽，胃口大开。我仿佛听到了它的欢呼声，它高仰着头，眼里充满喜悦。

小家伙很快就长胖了，不但浑身肌肉厚实了许多，连那坚硬的乌龟壳也越来越滋润而有光泽了。这个时候，我恍然大悟，世界上最聪明、最有生命力和生存能力的小动物当属乌龟。它简直就像个特种兵一样，野外生存能力特强，那坚硬的乌龟壳可谓刀枪不入不说，行军作战，野外露宿更是行家，特别是那种敏感神经自我防卫能力更强，可谓料敌在先，甚至远在千里之外的威胁亦可预知。

不过，转念一想也颇感纳闷，乌龟好像从小就没有学会信任，对任何一切都保持一种警惕之心，稍有动静立刻隐藏起自己，又好像从来不懂得抗争，善良到近乎愚蠢的境地。或许，这就是其聪明之处，与人为善，善莫大焉。又或许，这就是其柔弱之处，龟缩自己，无异于自曝其短，任人宰割。进而又想，龟之所以能长寿百年乃在于其善良本性使然，而天地是否假此以示万物生存之道乎？

话又说回来，随着小家伙越来越大，胃口越来越开，母亲开始有点后悔了，因为这只小家伙每天要吃的肉已经让母亲开始为难了，相当于领养了一个儿子回来。母亲本来就是一个精打细算之人，如今又多出了这份开支真是让她想不到。母亲说，早知道这"龟儿子"这么贪吃，当时就不养了。不过，说归说，母亲每天还是尽量克扣出一些肉末给这个"龟儿子"吃，可见，母亲也是个十分善良之人。

"龟儿子"失踪纯粹也是个意外。不过，我似乎早有预感，且很有可能是它的同谋，这个秘密我至今还没有公开。看见"龟儿子"在小小玻璃鱼缸里爬来爬去，挣扎着要往外爬时，我常常萌生同情之感，心想，那小小玻璃鱼缸真的太小了，把它困在那小小的天地里似乎不太应该，因此我除了常常把它放出来，让它四处乱爬外，还找来一个大点的塑料脸盆，放牧回来后就让它在里面，也相当于提供一个新天地。不仅如此，为了让它不孤单，还找来一块扁平的黑石头放在中间，以便让它偶尔能爬在上面，也算是有了新的乐趣，孰料，我竟然成了它逃走的同谋。

"龟儿子"逃走我真的是有预感，且是有责任的，因为我创造了它出逃的机会和可能。在此之前，我看见它每天在盆里爬来爬去，盆虽然比以前大一些，但它还是不满足，还是拼命想要爬出去。我看见过它多次奋力要爬出去又掉了下来，然后四脚朝天，又拼命翻过身子，有时候翻不过去我还会帮它翻，那动作和情态虽然有点滑稽，但我明显预感到总有一天会让它爬出去。在这种情况下，我还往里面放石头，岂不是同谋？幸亏这"龟儿子"逃走后还活着回来，否则我一定会自责的。

　　不久之后，又迎来了冬天。"龟儿子"又要进入冬眠了。这个冬天似乎有点太冷，为了不让它太冷，我把缸里的水基本上都倒光了，只剩一点点，保存一些水分好解它口渴之急。一到这个季节，龟儿子就不想吃东西了，这个我知道，但还是于心不忍。我一直想不通，乌龟怎么可以整个季节都不吃东西呢？如此真的能活下来吗？如果可以，真是一门高深的学问，弄清楚这门学问，若能运用到人类身上，将是莫大贡献，也不知道能为地球节约多少资源。不过，也难以想象，如果人类都进入冬眠期，这世界会变成怎样？又会发生多少事情？万一有什么事情发生，谁又能从冬眠中醒来又马上振臂一呼，唤醒其余人起来共同应对？总之，诸多困惑和难题无法解答，只好仅当一种瞎想，也只能如此。

　　有时候连续几天气温高了，出于怜悯之心，我就把它带到阳台去晒太阳，还把它放进水里，让它活动一下筋骨，目的也是想让它喝点水。果然，小家伙被阳光一照，身上暖和了，就开始动起来，很快就欢乐起来，女儿和我都看得很高兴。女儿赶紧去拿饲料喂它，可它好像没什么胃口，并没有对饲料感兴趣，只是偶尔闻闻，或吃一两粒又很快吐出来了。母亲心慈，特意切了一些小小的肉丝给它吃，它也同样没胃口，只好眼看它饿肚子了。日子一天又一天过去了，我发现小家伙脖子上的皮肉开始有些干瘪，颜色也变得枯黄，好像冻疮一样，于心不忍，又无计可施，只好眼睁睁看它瘦下去。是的，小家伙在没有偷偷溜出去之前，又是荤又是素，吃得胖胖的很结实，自那以后就瘦了，而且越来越瘦，我真担心它会受不了。天气越来越冷了，小家伙在缸里一动不动，我让女儿拿了几个一元、五角的硬币投进缸里，表示美好的祝愿和祈祷。有几次我又想把它放生，可转念一想，还是等过冬吧。

　　然而，有一天，女儿推开了我的房门，轻声地对我说："爸，乌龟不在了。"我一听，还以为小家伙又偷溜出去了，女儿说："不是，奶奶把它拿走了。"我似乎有些预感，一问，果然，小家伙没能熬过这个冬天。我问母亲："扔掉了？"母亲欲言又止，尔后才说："明天拿到大溪口去放。"我知道小家伙去了，母亲心情也挺复杂。

母鸡下蛋

母鸡下蛋是很平常的事，母鸡长到一定的时候就开始下蛋，这是自然规律。母鸡下蛋之前叫声不一样，有经验的老阿婆一听就知道母鸡要下蛋了，于是就会事先备好一个窝让其下蛋。窝里会铺上一些干草，好让母鸡下蛋时不会把蛋碰破压破。母鸡下蛋有时也未必一定要在事先备好的窝里下，有时会躲到外面某个草垛里，自己弄个窝就在里面下蛋，让母鸡主人好找。有时也会因此生出许多麻烦，造成大大的误会，甚至可能发生一些意外乃至危险。

母鸡下蛋之前的叫声，不只让有经验的老阿婆听得懂，连树上的麻雀好像也听得懂，每当母鸡要下蛋的时候，屋前屋后的树上都会引来许多麻雀，叽叽喳喳地叫个不停，好像在讨论明天如何分享母鸡下的蛋一样，有时争论得互相不服气，麻雀与麻雀之间也会拼个你死我活，从树上战到地面上，又飞上屋顶继续搏斗。麻雀拼命的样子同样很残暴，互相不服气，一边用尖尖的嘴巴啄对方的头和身子，一边用利爪抓对方的羽毛，还用叫声助阵，但结果往往不分胜负，很快各奔东西，算是扯平。或许鸟们其实已经分出胜负，但我们不知道，因为听不懂鸟语。再说，俗话说得好："外行看热闹，内行看门道。"这方面至少我是外行。

母鸡下蛋的时候，经常有麻雀们在树上、屋顶上，有时还会飞落地面，好像紧盯着母鸡下蛋，随时准备先下手为强，把里面的蛋汁吃掉一样，可是往往难得有这样的机会，或许麻雀们的心思早被有经验的老阿婆识破了，往往还没下手蛋就被老阿婆掏走了。那蛋一定还是温温的，拿在手里有一种很暖和的感觉。老阿婆掏到蛋以后，脸上的笑容会很幸福，偶尔会下意识地朝着树上、屋顶上的那些麻雀看一眼，不经意的一瞥似乎就是对鸟们的嘲笑。我想，此时此刻，麻雀们一定气死了，一定对老阿婆恨之入骨，咬牙切齿。或许，此时此刻，麻雀们一定又在互相埋怨，又或者在互相探讨如何才能得到那些鸡蛋。又或许，麻雀们根本就没有偷鸡蛋的念头，只是人类自己太小心眼又太小气和多疑罢了，真是惭愧。

不过，有经验的老阿婆也会有失手的时候，母鸡下蛋也太不听话了，家里楼梯下或墙角专门为其备好的窝不用，躲到外面某个草垛里下蛋，有时候找都找不到，于是就怀疑被麻雀们吃掉了。其实，老阿婆鸡蛋丢失，有可能是被某个淘气的孩子无意中发现并掏走，也有可能是被蛇吃掉。蛇吃鸡蛋是常有的事。蛇虽然是近视眼，可它往往在不动声色间就把整窝的鸡蛋全吃掉了，这一切，或许都被树上和屋顶上的麻雀们看得清清楚楚，可麻雀们不是蛇的对手，只能当替罪羊。

在过去，乡下人靠养母鸡下蛋过日子的人大有人在，但当时人们普遍都穷，小日子难过，母鸡下的蛋往往舍不得吃，多积几个后会把它拿到市场上去卖，然后换粮食或其他东西回来添补家用。尽管那时的鸡蛋很便宜，一个鸡蛋也就一毛钱左右，但还是要拿去卖，因为粮食或其他东西似乎比鸡蛋重要，因此靠养母鸡下蛋过日子的人不少。不过，不知为什么，当时的人们头脑就是不灵活，不懂得多养几只母鸡来下蛋，这样不就连自己也有鸡蛋可吃了吗？转念一想，也能理解，在当时养太多只母鸡会被当成走资本主义道路，果真如此，不但鸡没了蛋也没了，还可能会被抓去游街示众，轮番批斗，有谁敢冒这个险？因此只能是小打小闹，大都只养一两只母鸡而已，而且大都是无助的孤寡老人在养，借以维持生计。

过去，邻村一个老阿婆就是靠养母鸡下蛋过日子的，她生有一儿一女，但都很穷，老伴又撒手先走，自己为了自保就养了两只母鸡。这两只母鸡也算是很有良心，或者说很懂事，仿佛比自己亲生的儿女还孝顺，很会生蛋，就这样让这位老阿婆能够生存下来，也因此她视这两只老母鸡为己命，比自己亲生的儿女还亲。可是，有一次她也因这两只老母鸡而冤枉了一个"好人"。

事情的经过是这样的，老阿婆在屋檐下筑了个简易的鸡棚，母鸡就在里面下蛋。那一阵子，老阿婆的母鸡下蛋后经常不见。那个时候，村里有个小伙子，整天游手好闲，不务正业，经常干些偷鸡摸狗的勾当，影响很坏。老阿婆就怀疑鸡蛋是被他偷走的，于是就经常对着他指桑骂槐，起初，那个小伙子看起来很生气，几次欲向她解释说没有偷她家的鸡蛋，没想到老阿婆不听他的，反而更认为鸡蛋是他偷的。后来，有一天晚上，老阿婆正在睡觉，忽听到外面有动静，老阿婆认定又是那个坏小子在偷她的鸡蛋，于是，悄悄起床，拿着一根棍子，准备开门去打他，然后人赃并获，让他无可抵赖。可是，她从门缝里往外观察了好一阵子却没有发现那个坏小子的影子，正觉奇怪，心想可能走了，一看母鸡还在下蛋，也就放心，打算回床睡觉。这个时候，她突然发现床帐上似有东西在晃动，感到似乎不对劲，于是就拧亮电灯。灯一亮把她吓得颤颤发抖，本来就已进入暮年，哪能遭此惊吓，好在早已到了看淡生死的年龄，一阵惊颤之后马上镇静下来，知道那是一条大蛇。只见那条大蛇有一米多长，倒挂在床前的一条铁线上，那条铁线以前是用来挂布帘的，早已不用挂了。那条大蛇用尾巴勾住电线，头伸直往下垂着。令老阿婆大感意外的是，那条大蛇不但没有半点恶意，还张口吐出一大堆的东西，仔细一看，竟然是鸡蛋清和蛋黄。老阿婆似有所悟，心知自己冤枉了"好人"。那条大蛇吐完蛋清、蛋黄后，十分疲倦地从窗口爬离了。第二天一大早，老阿婆提着一小篮子的鸡蛋上门去给那个坏小子"负荆请罪"，没想到那个坏小子大受感动，从此改邪归正，不再做偷鸡摸狗的勾当，几年后竟成为村里发家致富的带头人。有时候，一件小事也能改变一个人的命运，一个人也可能被某个意外的场景影响终身，真是如此。

其实，母鸡下蛋的佳话还有很多，但已经不必再多说了，看来善念确可度己亦救人，还会有更多的启示。事实证明，在这个世界上要闹明白的事情实在太多了，但我毫不讳言，在这个世界上，我不明白的事情还有很多。比如那条大蛇为何会在半夜前来悔过，还给那个坏小子公道？而那个坏小子又为何会在一念之间幡然醒悟，从此洗心革面，上演"浪子回头金不换"的人间喜剧？难道这就是冥冥之中自有天意，或有神明在暗中指点迷津吗？毫无疑问，这是很极端的一幕，有些人可能会认为这是作者编撰的，而我要说，这是千真万确的事情。

関于葡萄
〔外一篇〕

从某种意义上讲，整个人类史就是一部考古与创造史。

考古，是对古文明的一种发现。也是对历史的一种追踪。创造，是对未来的一种探索。也是对现代的一种沉淀。有时候，通过一场考古的讲演可以揭开某个沉睡上万年乃至更久远的谜底真相，也可以给未来创造提供更完整的思路。或许，这正是考古与创造最有趣的地方。这里就来先讲一段关于葡萄考古的故事。

2014 年 11 月 29 日下午，著名考古学家张居中在河南博物院进行一次大型公益讲座，为大家揭开了一段九千年前关于贾湖文化的神秘面纱，轰动世界。

河南舞阳，这个面积只有 777 平方公里的小县因此被世人关注，贾湖遗址也因此被确定为 20 世纪全国百项重大考古发现之一。其中六项考古被列为世界之最，分别是：文字、美酒、稻米、骨笛、宗教与卜筮起源、家畜驯养等。就这样，淮河流域九千年前的辉煌历史，与同时期西亚两河流域的远古文化交相辉映。

张居中教授是贾湖遗址主要发掘者，其在一次与美国宾夕法尼亚大学著名教授、博士帕特里克·麦克戈温的合作中，通过对出土陶器上的附着物进行研究发现：九千年前贾湖人已经掌握了酒的酿造方法，所用原料包括大米、蜂蜜、葡萄和山楂等。与此同时，在湖南蛤蟆洞遗址（约一万年前）发现 40 多种植物种子，其中也有野葡萄种子。另在山东龙山遗址（公元前 2500 年）的一个商代古墓里，还发现了一个密封良好的铜卣，里面盛满液体，经检测，液体正是葡萄酒。

一石激起千层浪。其它物种的发现先不说。在此之前，对中国而言，人们普遍认为，葡萄是外来的品种，原产于欧洲、西亚和北非一带。考古资料也显示，最早栽培葡萄的地区是小亚细亚里海和黑海之间及其南岸地区。大约在 7000 年以前，南高加索、中亚细亚、叙利亚、伊拉克等地区也开始了葡萄的栽培。很多人以为，我国拥有葡萄始于公元前 138 年，张骞出使西域才引进回来的品种。《史记·大宛列传》中记载，"大宛之迹，见自张骞……""宛左右以蒲陶为酒，……俗嗜酒，马嗜苜蓿，汉使取其实来，于是天子始种苜蓿、蒲陶肥饶地……"。《汉书·西域传上》亦载："大宛国……大宛左右，以蒲陶为酒，……俗嗜酒，马嗜目宿，……多善马，汉使采蒲陶、目宿种归……"。大宛就是现在中亚乌兹别克斯坦的费尔干纳盆地。这些文字都记载着张骞出使西域，并开通丝绸之路，然后汉代开始引进葡萄和苜蓿并广为种植。而且，也有研究表明，"葡萄"一词源自于希腊语，我国古文字找不到这两个字。我国"葡萄"二字最早见于《史记》及司马相如《上林赋》。两处都写作"蒲陶"，后来才有"蒲桃"、"蒲萄"、"葡萄"等写法，可见它确是外来语的译音字。也因此，葡萄被证明是外来的品种，原产地不在中国。这样的论述，如果没有进一步的论证，有时真让人无话可说。

还好，通过对贾湖遗址和蛤蟆洞遗址等挖掘与考古后发现，原来葡萄在我国古已有之，且有上万年历史，只是我国本土的山葡萄、野葡萄、刺葡萄等没有外来的葡萄好吃而已。这个发现，顿时让许多人哑语，颠覆了以往人们对葡萄的认知，并产生新的好奇与追问。泱泱华夏，地大物博，尚未被发现者何止这些。

在《诗经·国风》中记载："绵绵葛藟，在河之浒。终远兄弟，谓他人父。谓他人父，亦莫我顾。""六月食郁及薁，七月亨葵及菽。八月剥枣，十月获稻，为此春酒，以介眉寿"。其中，"葛藟"就是指葡萄，"薁 yù，蘡 yīng 薁也。"蘡薁，也是指葡萄。这就证明早在殷商时期，我国古人已经知道采集并食用各种野葡萄了，并认为葡萄是延年益寿的珍品。当然，当时中国的葡萄是藤本植物，属于山野葡萄，个头小而青涩，就像村姑，腼腆可爱，不像张骞引进回来的品种，大而甘甜，就像洋妞，热情又奔放，回头率高。在电视剧《封神榜》里，妲己拿出葡萄一粒粒送入商纣王的嘴里。有人说，妲己是狐狸精变的，狐狸吃不到葡萄说葡萄酸，所以，妲己故意用葡萄来满足自己，同时用来勾引商纣王的胃口，并以此满足彼此自我放纵和骄奢淫逸的目的。这种说法堪称神来之笔，天衣无缝。当然，这是影视剧里的剧情，不足以印证什么，但至少说明早在商代，我国就开始在食用葡萄，这一点是得到认可的。《诗经·国风》中已经记载。

其实，葡萄的原产地在哪里原本并不十分重要，关键在于其发挥的价值以及存在的意义。若认真追究起来，目前有些事情暂时还是无法讲清楚的，在《圣经》中，至少有 205 处提到葡萄园及葡萄酒。据载，葡萄在地球上已有 6000 万年历史，比人类历史还要久远。可以说，在神话时代就已经有了。考古研究发现，在距今约 6700 万年 -1.3 亿年的中生代白垩纪地质层中发现了葡萄科植物,这说明早在新生代第三纪乃至更早的年代,地球上已经有葡萄了。有研究者认为,葡萄是原始灌木进化而来的。随着森林的扩张,因其对阳光有着格外需求,花序蜕变为卷须,且具有攀援性而来的。《圣经》中记载,亚当和夏娃是上帝创造出来的第一对人类男女。两人在伊甸园里,因被魔鬼撒旦诱惑而偷吃了禁果,从而导致罪恶横生,地球物种被毁灭。伊甸园里那两棵禁果旁边就种植葡萄,令人垂涎欲滴。诺亚是亚当和夏娃的后裔,后来,诺亚根据上帝旨意再创世纪时,在地球上种下的第一棵水果就是葡萄,并辟有一方葡萄园,还学会了用葡萄酿酒。所以,葡萄有"世外珍果"的美誉,被认为是上天赐给人类的佳果。《圣经》中还记载,有一天,诺亚因喝了葡萄酒,赤身裸体地醉倒在帐篷里,被他的第二个儿子含看见,并告诉兄弟闪和雅弗。闪和雅弗两兄弟均认为这是件十分不敬的事情,于是,拿着长袍,倒退着进帐篷给父亲盖上,不敢直面看父亲裸露的身体。可是,二儿子含却因此犯下大忌。想当年,亚当和夏娃因偷吃禁果,犯下天条。因此,当诺亚酒醒后,得知自己赤身裸体被儿子们发现,感到无比羞愧和愤恨,于是就诅咒,要神让含的儿子迦南一族做雅弗家族的奴隶。谁能想到,葡萄酒无意中成了家族恩怨的原罪,也揭开了人性最为伪善的一面。在约翰福音第十五章中,耶稣说:"我是葡萄树,你们是枝子。常在我里面的,我也常在他里面,这人就多结果子;因为离开了我,你们就不能做什么。"传说中,耶稣是上帝的儿子,众生皆为子民。当然,这只是基督教的一面之词。

现在,姑且不去进一步探讨葡萄与葡萄酒的原罪与人性的伪善,包括基督教的一面之词。耶稣在最后的晚餐上还说"面包是我的肉,葡萄酒是我的血",基督教把葡萄酒视为圣血,教会人员把葡萄酒种植和酿造作为工作。葡萄酒就这样随传教士的足迹传遍世界。从这个角度讲，基督教对葡萄的推广确实是有贡献的，但并不能完全归功于基督教，而应该是客观和理性的。葡萄本身所具备的条件和承载的使命大于一切。事实上在欧洲，乃至世界很多地方都有关于葡萄的传说，并且上升为宗教信仰。约一万年前的新石器时代，濒临黑海的外高加索地区，即现在的格鲁吉亚和美尼亚都发现了大量的葡萄种子，后来随着古代战争、移民传到其它地区。古希腊神话中的酒神叫狄俄倪索斯，不仅握有葡萄酒醉人的力量，还以布施欢乐与慈爱成为当时极有感召力的神，从而推动了古文明的发展并确立了法则，维护着世界的和平。传说中，狄俄尼索斯是宙斯和塞墨勒的儿子。塞墨勒是忒拜公主，宙斯爱上了她，与她幽会，生下狄俄尼索斯。古巴比伦和美索不达米亚地区的酒神是希杜丽，其认为，永生应该永远是众神的特权。古罗马酒神是巴克斯，他用葡萄藤与葡萄叶装饰其头发，手中端着拿着酒杯、丰硕葡萄串的男子形象。关于葡萄的传说还有很多，在此，不必一一累述。

值得一提的是，公元前138年，汉代张骞出使西域，从大宛国带回了汗血宝马和葡萄品种，从而打开了古丝绸之路另一道亮丽风景，也让东西方文化融合出现了第一缕曙光，这就是葡萄的神奇之处。从另一个角度讲，葡萄因其历史久远，知名度广，生命力顽强，几乎全世界到处都有。因此，其演绎出来的历史传奇和文化精神，已经影响全世界。也正因为其具备独特的文化元素和世界普遍性特征，葡萄也因此承载着人类命运共同体使命特征。葡萄精神蕴含着世界精神。

确实如此，因为葡萄，而有了酒的灵感，因为酒，而有了英雄的史诗。"蒲萄美酒夜光杯，欲饮琵琶马上催。醉卧沙场君莫笑，古来征战几人回。"唐代诗人王翰为我们写下壮丽的英雄诗篇《凉州词》，至今散发着酒香。"黑姓蕃王貂鼠裘，葡萄宫锦醉缠头。关西老将能苦战，七十行兵仍未休。"这是唐代诗人岑参的《胡歌》。诗里写的是边疆黑姓蕃王穿着的奢华，不但有貂裘，还有绣着葡萄图案的宫锦。他们醉酒后赠送宫锦给舞者，让她们缠着头巾跳舞。正所谓"战士军前半死生，美人帐下犹歌舞"。"半生落魄已成翁，独立书斋啸晚风。笔底明珠无处卖，闲抛闲掷野藤中。"这是明代诗人徐渭的题画诗《题葡萄图》。"万里西风过雁时，绿云玄玉影参差。酒醒试取冰丸嚼，不说天南有荔枝。"这是明朝诗人李梦阳的《葡萄》诗。诸如此类古诗，俯首即拾，不胜枚举。

"且设葡萄解酒，宿醒掩露而食。甘而不涩，酸而不脆，冷而不寒，味长汁多，除烦解悁。又酿以为酒，甘于麴米，善醉而易醒。道之固以流涎咽唾，况亲食之耶。他方之果，宁有匹之者。"历代文人把酒临风，灵感骤至，且歌且舞，借酒抒怀，给后世留下了无数令人叫绝的文学作品。可谁能想到，三国时期武威葡萄酒成为魏国的国酒。魏文帝曹丕因喜欢葡萄酒几近达到忘乎所以的境地，为迎合宫廷消费导向，使武威葡萄美酒受到京都王公贵族的追捧，魏文帝特颁《凉州葡萄诏》。诸果中，这可能是唯一享有皇帝诏书的水果。可谓旷世奇珍。

不仅如此，葡萄在民间寓义也是非常深刻，沉淀下来的民俗心理或更能反应其美好的期待。诸如：吉祥如意、硕果累累、子孙满堂、幸福甜美、天道酬勤等。此外，葡萄还有：团结合作、共商、共建、共赢等寓义，无不寄托美好愿望和不懈的追求与希望。更重要的是，成串累累的葡萄不仅象征富有，也代表着勤劳与勇敢的特性，丰收的喜悦，既是一种品质，也是一种精神力量的象征。从文化的角度来探究，小到一个人一个家庭，大至国家和民族，乃至全人类，都和葡萄有关。也就是说，葡萄无处不在坚韧顽强的品质，浓缩并象征着整个国家和民族乃至全人类的精神与命运。因此，葡萄精神完全可以上升为一种民族精神与时代精神。基于此，可以总结出这句话，假如把中华民族比喻成一棵千年葡萄树，那么，56个民族就是其中56串葡萄。每一个民族团结起来，就可创造出前所未有的集体之美。同样，如把"一带一路"比喻成一棵葡萄树，那么，沿线各国就是其中一串葡萄，沉甸甸累累硕果加上一年四季，年复一年所付出的努力和所承受的一切，足以说明一切。这就是大国智慧集体之美所呈现出来的时代美感和精神象征。

千年丝路，万世传奇——以葡萄的名义弘扬丝路精神。

符合并承载着人类命运共同体的使命，值得期待。

葡萄精神

把一切苦埋在地下，将所有甜挂上枝头。

每一个完美的个体都需要集体的拥抱和温暖。

不图鲜花入凡眼，但求硕果满人间。

这就是我所理解的葡萄精神。也就是葡萄精神的三种境界和哲学思考。

我喜欢葡萄，因其色艳、味美，具有很高的营养价值，被人奉为"水晶明珠"。也因其果实基本呈圆形或椭圆形，且成簇成串生长，硕果累累，有团结、合作、共赢、奉献之时代特点。在民间，它还是吉祥之物，有丰收、甜美、圆满、多子多孙之寓义，饱含传统文化韵味。此外，葡萄历经春夏秋冬，风霜雨雪，年复一年，荣枯欣悦，把一切苦埋在地下，将所有甜挂在枝头，这种大无畏的奉献精神，就是葡萄精神。我把这种葡萄精神视为人生第一种境界和哲学思考。

葡萄精神的第一种境界，首先体现在个人努力的重要性。一个人的努力决定着其未来。这是基础。因此，努力和付出是必须的，没有努力和付出就不可能有今天的成果。当然，也不是所有的努力和付出就一定会有好的回报，有时候，付出并不等于一定会有好的回报，但不努力和付出就一定没有回报，这是必然的。要想让自己的人生活得更充实而有意义，努力和付出是必须的，也是前提。除此之外，还要学会积累资源和整合资源，并建立自己的平台和高度。否则，能走多远是可以看得到的。当一个人有了自己的平台和高度，就能看到自己的未来，也就有了未来的方向。这是非常重要，也是至为关键的一步。

我喜欢葡萄，还因其将每一个完美的个体团结在一起，创造出一种集体之美。我以为，每一个完美的个体都需要集体的温暖和拥抱，正如一个国家和民族一样，需要一种正能量的传承。我认为，这种集体之美正是葡萄精神的核心表达。应可上升为一种时代精神，乃至民族与世界精神。因世界需要这种集体之美，以实现和平愿望和共同富裕的梦想，也是实现人类命运共同体这一伟大构想基础。这是我对葡萄精神第二层面理解，也是葡萄精神第二种境界和哲学思考。

葡萄精神的第二种境界，就是为了实现个人价值的再提升，当你拥有了葡萄精神的第一境界以后，就要把周围优秀的资源整合起来，然后紧紧团结在一起，并发挥所长，朝着一个共同的理想和目标一起奋斗，这样就能实现价值再提升。具体而言，当今时代，已经不再是靠个人努力打拼的时代了，而是要发挥葡萄精神的集体之美，去实现个人价值再提升，也只有这样才能创造出更多更大价值。换句话说，每个人其实都是一颗完美的葡萄，将每个完美的葡萄团结起来就是一大串葡萄，这样就形成了一个整体，将整体的力量发挥出来，就能实现每个人生最大价值。任何单个葡萄都是不够完美的，需要集体力量实现。也就是说，只有当个人价值获得再提升以后，集体之美才能呈现出来。我为葡萄著文，并以葡萄为绘画题材，就是要创造出这种美，这种大时代大气魄之美，并让这种美去实现每个人心中的梦想。在我的笔下，中国葡萄就像一位朴素、恬美的村姑从国风中走出来，大方而又腼腆，羞涩而又开放。而从欧洲引进来的葡萄就像一位洋妞，热情又奔放，散出着魅力。我画葡萄的技法，则采用中西结合的方式，将中国画的写意与西洋画的色彩结合起来，让光影与线条互相衬托、辉映，让虚实浓淡产生出另一种新奇效果和审美追求，并进行哲学思考。故我始终对葡萄的原根情结产生好奇并怀着本能的追问。或许，生命的存在及其意义本身就是个谜。

我喜欢葡萄，还因其是全世界知名度最高的水果，且不择区域，生命力极其顽强。无论是沙漠、河滩、盐碱地、山石坡地，也无论大江南北乃至全球各地都能生长、结果、成熟，各种气候均能适应。这不仅是一种精神，更是一种品质和意志力的体现。更重要的是，葡萄一生从不以花朵引人注目，只以硕果留给大家，这种不图鲜花和掌声、不求回报的无私奉献精神，堪称最务实的生存态度，当为典范，加以弘扬。这种葡萄精神就是我所理解的人生第三种境界和哲学思考。

在解读葡萄精神的第三种境界之前，我首先要提出一个问题，每当葡萄成熟时，很多人都非常喜欢吃葡萄，可是有谁见过，或知道葡萄花吗？相信很多人没有想过这个问题，也一定没有注意到。那么，葡萄有没有花呢？当然是有的。葡萄的花很小、很细，花期很短，只有几天就没了，所以许多人没见过也不知葡萄有花，也不去探寻或追问。葡萄从来都是这样，不以鲜花引人注意，只以硕果留给大家分享。放眼当今世界，到处可见鲜花和掌声，却难得有人能真正静下心来，理解并分享葡萄精神。到处可看到权力和财富的傲慢，却很难真正看到一颗真正的慈悲之心。这是时代的悲哀。真正无私的奉献，一定是来自于内心的感动，真正的慈善，也一定是内心的慈善。当今时代，真的太需要这种葡萄精神了。

我喜欢葡萄，还因其具有忠诚、坚定不移、爱与陶醉的特点。葡萄一生信守忠诚二字，无论在何种环境之下，始终不会背叛自己的信仰，始终忠诚于自己所追求的事业，并热爱生养自己的天空和土地。坚定不移是自己的初心，更是无私奉献精神的表现。爱与陶醉也是一种力量和奋发向上的精神与勇气。因此，它又是欢乐、愉快、愤怒与新生的化身。从葡萄身上还可以发现一种充满魔力的攀延，在时间的过程中复苏，而这，也象征着生命的延续与不朽的精神解读。

传说中，葡萄是上天赐给人类的佳果，让人类在辛勤劳动之余也能品尝到甜美的果实。或许，这就是上天赐给人类的回报吧。

让葡萄走出山野，登上社会大舞台，成为一种时代精神。

让世界因为有你而更加精彩，让爱永相随。

象形的村庄，呵气成雾，那就是炊烟。

扶摇直上的村路，仿如似有若无的情愫，飞翔在空中。

一些文字，婉约成水稻一样的身姿。在风中，摇曳着梦想。

而梦幻一般的村庄，是那么的和谐，已用不着更多的文字来诠释。

其实历史早已证明，人类最初的梦想就是从这里破土而出的。那些水稻、番薯、麦子和甘蔗等，是那么的亲切而又自然，田野里那些成长着的象形文字就更加生动了。包括那原本简陋的瓦房和村路。

记得，1997 年 4 月，时任福建省委副书记的习近平到三明将乐县常口村调研，他站在老村部门口远眺对岸山水，语重心长地叮嘱，"青山绿水是无价之宝，山区要画好山水画，做好山水田文章"。近 30 年来，"绿水青山就是金山银山"牢牢记在将乐人民心里。实践证明，习近平同志"两山"理论的发展理念，让将乐生态文明建设迈上新台阶，让绿水青山变得更美，让绿色成为将乐发展最动人的色彩，让"绿水青山"焕活"金山银山"，让"美好愿景"变成"幸福实景"，一个"绿富美"的将乐正款款走来。习近平生态文明建设理念得到了贯彻落实。

回想 20 多年前，常口村还是一个"三无村"，无水泥路，无新房子，无路灯，人均年收入不足 2000 元。如今，旧貌换新颜，村里的变化可以用翻天覆地来形容。村集体年收入从 20 多年前不足 3 万元提升至目前的 185 万元，人均年收入从不足 2000 元提升至 3 万元以上。生态富民强村理念越发深入人心，绿水青山持续释放出生态红利，也走出了一条具有常口特色的生态发展之路。当然，常口村只是将乐的一个典范，多彩的将乐谱写出许多优美篇章。"美丽中国·深呼吸第一城"，将乐无愧为习近平生态文明思想孕育地和实践地。

将乐地处武夷山脉东南麓，森林覆盖率达 81.3%，全年空气、水环境质量均居全省前列，获评国家"两山"实践创新基地、国家生态文明建设示范县、国家森林康养基地、中国天然氧吧等多项"国字号"绿色荣誉。放眼处，只见村庄周围绿树环抱，还有绿草坪、假山和花卉，尤其是那楼台亭榭，石桌木椅，包括体育设施，娱乐场所等，完全跟城市公园没有什么两样。一些老人和孩子经常在公园里散步、捉迷藏。是的，只见越来越多的人群出现在村口，或行走在村路上，他们重复着各自的温暖和等待，有时候泪水也会感动成一棵棵风中的庄稼，然后很快结出另一种喜悦。期盼总是那样的美好。希望中的汉字继续从地底下脱壳而出。象形的村庄，以及周围朴素的山川和自然，也就是这样在暗中学会了飞翔。山更绿了，水也更清了。

在宁德，寿宁县下党乡，旧称党川，因溪水川流不息得名。其位于寿宁县西部，是闽浙两省三县交界之地。由于地处偏远山区，常年受自然灾害影响巨大，山体滑坡、泥石流、台风等时有发生，导致道路交通十分不便，经济发展也大受影响，百姓生活十分艰苦。1989 年 7 月 19 日中午，时任福建省宁德地委书记的习近平同志到下党乡进行现场调研，了解到真实情况，十分忧心。1989年7月26日、1996年8月7日，习近平同志又两次到下党，协调解决下党建设发展难题。之后，又多次亲往指导。2019年8月4日，习近平总书记给下党乡回信，祝贺下党乡脱贫。同年12月31日新年贺词中，习近平总书记再次提及下党乡。如今的下党乡，云淡风清，河水清砌，山路宽畅平坦，依山而行，已经成为网红打卡点，来村里露营、民宿、茶馆赏秋的游客络绎不绝，切实做到了旧貌焕新颜，真可谓是闽山闽水物华新。

踏足福建各地，象将乐、下党乡这样的地方比比皆是。正所谓"九层之台，起于累土；千里之行，始于足下。"飞翔的乡土，不再是神话。古老的传说，也大都渐渐变成了现实，而时光还在光中舞蹈着。

在福州，"七溜八溜，不离虎纠。"伴随习总书记这句福州的熟语，早已传遍世界。看古厝，走福道，游三坊七巷，上下杭也成热门话题。尤其是百年马尾船政文化，更是受到举世瞩目。马尾是中国船政文化发祥地和近代海军的摇篮。习近平同志曾先后54次深入马尾区进行考察，并亲自做出成功的实践，可见其重要性和历史地位。在福州福马公路马尾隧道西入口处，漫山的相思树下，红色大字组成的巨型标语牌格外醒目——"马尾的事，特事特办，马上就办"。这是时任福州市委书记的习近平同志第一次向全市干部明确提出的务实工作态度，充分说明习近平同志对马尾工作的重视。

在厦门，扭住目标不放松，一张蓝图绘到底。不是一句口号，而是切实在不断行动中。厦门也是习近平同志"第一次直接参与沿海发达地区的改革开放"的地方。如今，厦门正朝着国内国际双循环的枢纽节点城市继续努力，尤其是厦门作为海峡两岸桥头堡，正发挥关键作用。习近平对厦门自由贸易试验区的建设与发展很是重视。厦门环岛路上有一巨幅标语"一国两制，统一中国"，是 1999 年用坚硬的钢铁打造而成的。他的对面就是祖国宝岛台湾的金门县，厦门与金门的距离只有 1.8 公里，早已实现两岸一家亲，并形成共同的家园。

在漳州，2024 年 10 月 15 日东山行是重点，习近平在东山县陈城镇澳角村考察时，不仅步行实地察看澳角湾海域环境和村容村貌，还深入了解海鲜干货和渔获产品交易情况。在得知不少海产品购销两旺，村民收入不断增加，习近平很高兴。他对纷纷围拢过来的村民和渔民们说，你们村我 23 年前来过，至今记忆深刻。这次来看到村里发生了很大变化，很是欣慰、很有感慨。新时代新征程农村一定会有更加光明的前景，农民会有更加火热的生活。村级党组织要发挥火车头作用，带领乡亲们做好"海"的文章，在乡村振兴、共同富裕的道路上一往无前。习近平还到谷文昌纪念馆，了解谷文昌同志感人事迹，听取当地传承红色基因情况介绍，同谷文昌干部学院教师、学员代表亲切交流。习近平指出，衡量干部业绩好不好，关键要看老百姓口碑好不好。各级领导干部要向谷文昌同志学习，树牢正确政绩观，为官一任、造福一方，真抓实干、久久为功，把丰碑立在人民群众心中。学习谷文昌同志，不仅要高山仰止，还要见贤思齐，像他那样做人、为政。习近平把心里话都讲出来，希望老百姓都能过好幸福日子。

在龙岩，龙岩是我国著名革命老区、原中央苏区核心区，也是红军的故乡、红军长征的重要出发地之一，享有"二十年红旗不倒"赞誉，同时是习近平生态文明思想的重要孕育地、实践地。龙岩也是中国唯一以"龙"字命名的地级市，并是享誉海内外的客家祖地。其客家土楼被列入世界文化遗产名录，吸引全世界无数游客前来旅游参观。

是的，认真回想起来，过去，村庄给予我们印象最深的，应该就是那些凸现于屋顶或墙侧的烟囱或袅袅的炊烟，而如今，这些朦胧而又富有诗意的意象已渐随岁月隐入山林。而这些难忘的记忆多少会勾起人们对旧梦的怀念。是的，人们也开始学会了关注与思考，并懂得了建设新时期生态文明的重要性和美好追求与想象。是的，绿水青山带给将乐老百姓的感受是真实的、具体的、幸福的。生活在将乐，呼吸着新鲜的空气，欣赏着清澈的流水，幸福感油然而生。

是的，一切的诗意和浪漫都是从春天开始的。当然，也可以从每个季节出发，因为美好的寻找和等待总是那样让人向往。而象形的村庄永远是人类最诗意的栖居地，这就足够了。再说，诗意和浪漫也总是会有轮回的，也总是会获得提升的，因此，人们要唤醒的不只是记忆，还有憧憬和发现。事实上，也一定还有许多的期待正在暗中发芽。

是的，飞翔的乡土，抛物线一样在空中画了一个圆弧，有人说，那就是村庄，那就是山川大地，那就是自然，那就是文字。此时此刻，不妨放下心情，然后抛开杂念，去静心倘佯在和谐的乡村之中，美好的家园一定会让你的眼睛发亮。灿烂的阳光挂在枝头上，也都学会了思想。是的，绿色是底色，发展是亮色，产业兴、经济旺、生活富裕，再加上，蓝天白云、清水绿岸、鸟语花香。人们有时就是需要一些光和色彩启迪，让生活更富有诗情画意，这才是最美的追求。

是的，其实历史早已证明，人类最初的梦想就是从这里破土而出的。那些水稻、番薯、麦子和甘蔗等，是那么的亲切而又自然，田野里那些成长着的象形文字就更加生动了。包括那原本简陋的瓦房和村路，还有周围朴素的山川和自然环境，莫不荡漾着绿色的希望与追求。

是的，"在乡村，过城市的日子"，已经不再是梦想了。

飞翔的乡村，继续翱翔在空中，鸟声落在城市边缘。

　　轻火问世，寄情托物；中火入世，以解相思之苦；高火出世，尤如一诉衷肠。喝茶是一门艺术，而且是一门高雅的艺术。

　　有时候，只需要一个眼神，一个动作或某个暗示，对方就能明白彼此心里在想些什么，或想要干些什么。就像喝茶之人，只要看一看茶形，闻一闻茶香，嗅一嗅碗盖，就能知道这是什么茶，产自哪里，海拔高度多少，日照情况几何，年轮又是几何等等。喝点犀茶，就是需要双方有一种默契，有一种感应，有一种期待。当然，默契是有前提的，双方必须是彼此欣赏的人，值得信任的人，尤如恋爱中的男女一样，需要心心相印，十指相扣，脉脉含情，否则，就喝不出那种心跳的感觉。古书记载，有一种犀牛角名通天犀，有白色如线贯通首尾，被看作为灵异之物，故称灵犀。喝点犀茶就需要有这么一双通天犀。也就是说，喝点犀茶，一定是心灵有默契的人，一喝就上瘾。

　　有一次，苏东坡和司马光等一批文人墨客斗茶取乐，苏东坡以白茶取胜，十分开心，当时茶汤尚白，司马光故意为难他："茶欲白，墨欲黑；茶欲重，墨欲轻；茶欲新，墨欲陈；君何以同时爱此物？"苏东坡笑道："奇茶妙墨俱香，公以为然否？"司马光问得妙，苏东坡答得巧，此事传为千古美谈。与其说这是斗巧，不如说是两人早已惺惺相惜，彼此欣赏，借茶交心，果然达到了心灵上的默契。若换个不相称的人，估计一听此言脸就黑了。苏东坡和司马光都是文人雅士，都喜欢喝茶，借茶互相调侃，也见风趣，这应当也是喝茶的境界。

朱熹是福建人，号称"茶仙"。朱熹嗜茶遇仙姑，脍炙人口，传颂古今，那天，朱熹到天心永乐禅寺访僧人回来，经过一片茶园，满坡绿丛，夕阳斜照，红绿相映，一阵阵芳香扑鼻，使他心醉如痴，竟忘了回家。不觉天暗下来，他慌不择路，一跤掉进一个坑。朱熹忙大叫"救命"，这时，在坑沿上出现一位村姑，朱熹也不管什么"男女授受不亲"便对村姑说："我是武夷精舍的教书先生，快救我出坑赶路。"村姑抿嘴一笑，显出两个喜人的酒靥，对朱熹说："先生请闭上双眼，小女子救先生出坑。"朱熹闭上双目，只觉得一阵香气，那村姑已跃入坑中，牵住朱熹的衣袖，飘然上坑。朱熹睁眼一看，明月如画，满山茶花清香扑鼻。原来眼前站着一位头插白茶花的女子，在月夜下清秀质丽，楚楚动人。她引朱熹走进一间茅舍，茅舍虽系陋室，但里面摆设的茶桌、茶几、茶具，清新素雅。那女子说："先生，我们并不陌生早就是故人了，理该喝杯清茶，提提精神，才好赶路。"朱熹唯唯诺诺。"不知这女子是狐是仙？"朱熹正在猜疑，女子捧来一木碗茶，朱熹接过，茶散发着芬香，饮后满口生津，只觉浑身轻快，不禁问道："是何名茶？"女子笑道："此茶即先生院前的水仙，故人相见，敬上一碗，略表情意。"说完，女子将袖口一挥，一阵香风袭来，朱熹忙闭双眼，身随风飘。等睁开双眼时，已经站在自己精舍前的茶园上了，身旁一丛"水仙茶"熠熠发光。"啊！水仙茶姑！"朱熹恍然大悟。茶须英雄气，茶有美人魂。

朱熹算是领悟到了。

朱熹心中有茶，与茶有不解之缘，日思夜想，实现了心灵感应的美好愿望。喝茶能喝到出神入化的境界也是奇人。点犀茶就是要让人对未来有某种憧憬，或想法和期待，甚至是有梦想有未来。当然，未来未必都是乐观的，人生百味也都在其中，只是会喝点犀茶的人一定不简单，因其属于未来人，能喝出未来的味道。

未来是什么茶？未来可能是甜的，也可能是苦的或涩的。未来或许有点梦幻，甚至有可能有某些艳遇，就像朱熹一样。或许，中间遇点挫折也很正常。当惊喜突然出现的那一刹那，猛一抬头，等待的奇迹就出现了，那种兴奋感无异于找到了心灵相通之人。点犀茶确实需要沾上些仙气，这样，在飘渺中隐约浮现的香气和韵味才会如同仙女一样，有谁会拒绝这种传奇吗？鲁迅说：有好茶喝，会喝好茶，是一种清福。不过要享这清福，首先就须有功夫，其次是练习出来的特别感觉。鲁迅先生说这话或多或少会有那么一点酸酸的味道。

点犀茶，确实是心灵上的一种默契。也是化解一切困惑与不解的良方。生活中有太多的尴尬事，需要用茶也可以用茶来化解。有时候，一杯好茶胜过千言万语，茶香不但可解闷，亦可表达内心的善意，友情和爱情。当然，此中茶语，茶思，茶情，只有懂茶的人才能悟出。

在《红楼梦》里，妙玉因深爱着宝玉，苦于无法诉说，又拉不下面子，只好含蓄地通过茶去婉转表达。有一次，妙玉在栊翠庵请钗黛品茶，实际上只是借口，真实目的是想通过这"茶"向宝玉传情达意。宝玉也是心领神会，"细细吃了，果觉清淳无比"赏赞不绝。妙玉送的是千古绝唱的"栊翠庵茶品梅花雪"的龙井茶，而茶中之味，恐怕也只有宝玉这个会心者能品出来，这就是点犀茶的精妙处。当然，宝玉因心有所属，这茶也只能喝在心里。妙玉也只能通过手上那折梅时留下的清香，和壶中飘散出的龙井茶的氤氲，去表达内心的爱恋，未来茶味道酸酸的，有时候也确实挺让人觉得心疼。然而，世间的好茶也不是人人都能喝到的。真正的好茶，一定带有英雄气概，枞味和岩韵就是豪气与霸气；同时，一定含有美人魂。喝完这泡茶就再也忘不掉了，一定会被茶香和柔美所吸引。而水就是茶的灵魂。

其实，喝茶重在品水，茶叶倒是其次。换言之，只要是好朋友在一起喝茶，喝什么茶并不是最重要的，能够喝到心里去就是好茶。话虽如此，若没个好茶，水再好也是其次。由此看来，点犀茶喝的就是一种默契，一种舒服，一种志同道合，而不是其它。如果再加上一泡好茶，那么就真的不是神仙也胜似神仙了。毫无疑问，点犀茶是首选。

君不见，以前外国人不知茶为何物，以饮酒为乐，自从古丝绸之路打开以后，外国人才喝上了中国茶，并一下子上瘾了，爱不释口，慢慢以茶代酒。如今，许多外国人喝茶已成习惯，茶便成了一种生活的必需品。中国茶文化之伟大，由此可见。好东西一定受欢迎，一定得喜爱，这是必然的。也由此我们有理由相信，随着新丝绸之路的再次拓展，未来的中国茶一定会成为世界茶。而点犀茶也将成为沟通中西茶文化的桥梁，并将成为一座心灵之桥。

乡贤林语堂先生说过，人生只要有一壶好茶，走到哪里都是快乐的。这种与世无争豁达的人生观根源来自于中国传统的道家思想，也源自于对中国茶道精神的理解，同时映现出他的人性追求。喝点犀茶就是要喝出这种瑰丽多元的景象，犹如人生哲学映现的图景，若能在水雾弥漫中读出花鸟虫鱼的水墨情景，再加上诗情画意，那就是喝到了茶与人生的最高境界了。在花木扶疏的庭院或亭榭，看小桥流水，听雀鸟欢歌，嫩芽初露，以最好的茶喻示万千世界之万紫千红，于杯盏交接之处，看汤色起浮，微风吹过，水痕拂袖，人生尚有何憾之有？

只可惜，自古降今，一般人喝茶，要么重茶，要么重水，要么茶水并重，甚至讲究茶具，讲究喝茶的环境，就是喝不到心里去，更不用说重情了。点犀茶与众不同，喝点犀茶不只是重情，也不只是为了交心，而是要把烦恼喝掉，把迷惘的路喝开，把心里的结也喝开，并上升到精神层面。如果只是为了喝茶，或许用不着如此讲究，牛饮即行，解渴便是。就好像搞艺术的人一样，如果只是为了写字绘画，那么这样的艺术也没有存在的必要了，只是一门手艺，没有多少欣赏和收藏价值，也无法达到陶冶情操和提升品位的意义，与喝茶道理相通。只会喝茶，不懂得互相欣赏和沟通，那这茶算是白喝了，那这字这画，也算是白学了。

写字绘画是一门艺术。喝茶是一门艺术。会喝好茶更是一门高雅的艺术。

与心灵相通的人一起喝茶，一起写字绘画，感受艺术的魅力，其乐无穷。

学会喝点犀茶，如同搞艺术，身上有股与众不同的气质。

我的文学梦

    小时候，我有两个梦想。一个是当画家，一个是当作家。说起文学梦，小时候的我不知道它是什么，至今也还没真正弄明白，只知道它很美好，有一种无形的吸引力包围着我，让我感到兴奋并产生冲动。

    读初二时，我就写了第一篇小说，题目叫《河》，写的是小时候的我每天放学回来都要去放鸭，那个时候，大人们都忙，起早贪黑去田地里干活挣工分，放鸭自然就是我那个时候的工作和任务。我家背后有条河，约百米宽，河水深，经常为赶鸭子而把自己弄哭了，好不容易把鸭子从河那边赶到河这边，可人一过来鸭子又跑那边去了，这样折腾来折腾去，一个小孩子孤独无援，天又黑压压下来，只能着急到哭。有一次，不小心用竹杆横扫过去，扫到一只鸭子的头部，那只鸭子就在水里扑通扑通打转，接着停了，浮在水面上。我一看顿时慌了，束手无策，心里害怕得连哭都哭不出来。那个时候，一只鸭子对一个贫困家庭意味着什么，分量又有多重，现在的孩子已经无法理解更无法想象。当时的我急中生智，偷偷把那只鸭子抱回去，趁大人们还没回来，就学着大人平时的经验，用土办法找来木脸盆罩住鸭子，然后用手有节奏地扣动木脸盆，希望通过共振现象救活那只被我无意中伤害到的鸭子。就这样，折腾了大约十几分钟吧，刚开始时那只可怜的鸭子还会动一动，好像有希望活过来，后来不动了，我知道惨了。把鸭子丢在家里，人躲到屋后草垛里。天黑了，我不敢回家，后来，我听见大人们到处在找我，喊我的名字，我还不敢出来。后来我被找到了，我看见我妈和我爸泪眼汪汪很着急很伤心的样子，我才知道他们其实不是心疼鸭子，而是心疼自己的孩子。那天晚上我妈和我爸并没有打我，只是安慰了我几句，但我看见他们疲倦的样子，很需要一种精神力量的支撑。这是我第一次用文学的笔调写出我的境遇和内心的感受。我感觉这篇文章写得还不错，可惜后来找不到了。

后来，我开始写诗歌，一写就是十几年，坚持不懈，现在还在写，虽然不多。我写诗最投入的年头正是我的家乡平和官溪蜜柚拼命疯长的年头。那些年，在我的家乡平和有一句经典语录叫作：讲柚子就是讲政治。也就是说，在平和当官或当小老百姓，只要懂得种柚子就行，我觉得有道理，但这道理至今估计还没几个人真正懂得，或只懂得一半多一点，因为留下来的问题太多了。我想告诉大家的是，当我在拼命写诗的时候，正是全国人民拼命在挣钱，发展经济的时候。当时我 30 岁还没结婚，我的朋友实在看不下去了，就给我介绍对象，他告诉对方说：我这朋友什么都好，就是脑袋可能有点问题，整天在写诗。后来对方家长和我见面，估计不到 10 分钟就走了，然后这事就成了。后来对方家长告诉我说，他当时只看我一眼就知道我脑袋不会有问题。

1993 年我到鲁迅文学院来读书，是以诗歌名义来的。何镇邦老师是我们的教研主任，汪曾祺、张胜友老师都经常来给我们上课。那年 7 月，贾平凹的《废都》在《十月》杂志刚发表出来，我们疯狂了好一阵子。鲁院回来后，至今我还经常跟人家说，鲁院是我真正的文学启蒙地。从2003年开始，我专职写作十几年，完全靠稿费生活，还要养家糊口，刚开始很多人不相信我能做到，但我确实走过来了。诗歌、小说、散文、评论等我都写。我想说的是，真正进行散文创作是从鲁院回来后，尤其是2003年以后，我写了大量散文作品，至今还在为香港《文汇报》副刊专栏写文章，该副刊专栏已发表了我上百篇散文作品，可以单独出本很厚的集子了。我的散文创作主要以乡土和历史人文、山水为主，也写了不少思辨性较强的文章，如《擦肩而过》《体验另一种广阔》《哲学的山水》《思考可以创造生命价值》等等。我一直认为，闽派散文有它自己的特质，也有一种独特的神秘感，这种特质和神秘感构成了文学的魅力和底色，因此，我试图找到它最诗意最浪漫的一种表达。

当然，文学创作永远都在路上，艺术也一样。我的画家梦也是从小时候开始的，它一直伴随着我，但我从不轻易打扰它的清梦，我一直视它为内心的知音，直到近几年才带它亮相，希望能获得大家的好感，乃至欣赏，但愿不会让大家失望。

爱上工夫茶

不知道从什么时候开始，猛然发现，周围的人都爱喝工夫茶。

无论在哪里，随时随地，在家中、街边、公园大树下和青石板上，总是会看到一幅幅精致茶具摆在那里，然后几个人，或单独一个人在那边啜饮，那种陶醉状和悠然的样子，实在太惬意了，完全把尘世的烦恼和喧嚣抛在一边。此时此刻，我想，无论你钱再多官再大也比不上它，善饮之人不会把那些放在眼里。

然而，在印象中，以前周围的人大都是牛饮之人，跟东北大汉喝大碗茶差不多。不过，那个时候是因为口渴，只有牛饮才能解渴，要是像现在，一口一小杯，估计早就渴死很多人了。当时口渴的原因很多，主要是汗水流得太多，在太阳底下干粗重的农活，能不汗流浃背吗？当人口渴的时候，是顾不得要斯文和悠雅的。

现在的人虽然还是那么勤劳，但小日子显然已经比以前好过多了，既使干农活也不用像以前那样卖命，方法和效益上也好多了，因此有了悠雅的心情坐下来喝工夫茶。但是，真正能够让周围的人静下心来喝工夫茶的原因，主要还是因为这些年来，家乡已经变成了茶乡。也不知道什么时候，家乡的山上都长满了茶树。直到有一天，有一阵山风吹来，顿时让家乡人心旷神怡起来，这才清醒过来。

家乡的山上长出来的茶树，起初都是纯自然的，很少人注意它，后来，随着茶香的弥漫，人们才大为惊喜，然后才有满山的茶树，连空气也洋溢着茶香。当家乡人开始陶醉在满山的茶树和茶香之时，工夫茶也就出现了。说起工夫茶我迷恋于"工夫"二字。记得我第一次是这样领教工夫茶的厉害的。

有一次午后到朋友家，本来打算说几句话就走，结果他端出了一付茶具，硬要我坐下来喝茶。说实话，那个时候我还是真的有点渴了，于是就坐了下来，准备大口喝两杯，没想到他拿出来的紫砂壶比我期待中的杯子还小，摆出来的杯子更不用说了，简直就是小鸡蛋壳分成两半，薄薄的杯子鸡蛋壳一样透明，将汤色鲜艳的茶水盛在里面，简直就是鸡蛋汤，这么小的杯子如何喝茶呀，我心里在想。

只见他先用滚烫的开水先烫洗一遍后，往紫砂壶塞满了茶叶，然后往里冲进开水，紧接着，将茶水倒进那只有半个小鸡蛋壳大的杯子里。我迫不及待地端起来就喝，顿时整个人都呆住了，仿佛触电似的，眼睛睁大。"再来——再来——"我说。朋友笑了，告诉我说，这就叫功夫茶。接下来的事情就不用说了，自然是留下来小饮了。事实上是越喝越渴，越渴越喝，然后整个下午的时间就这样过去了。我终于知道什么叫功夫茶了，也终于悟到了家乡人为什么会喜欢功夫茶。

人生其实就是一杯功夫茶而已，我感叹于喝工夫茶的老乡悟性之高。茶有茶气、茶缘、茶魂，也有茶泪，这是喝茶的心得、境界。回想到神农氏当年尝百草时，无意中尝出茶来，可谓是上天和自然对人类的一大恩赐。家乡的山水也能孕育出茶来，这是家乡人的福气。有茶的地方山水必美，有茶的地方人的心灵和精神状态必佳，爱茶也等于爱山水，爱山水也等于自然和宇宙，同时也等于爱家乡人。如今，我的老乡都爱上了工夫茶，自然而然我也爱上了喝工夫茶的老乡。

看过一份资料介绍，人类长寿之道离不开茶，我相信这是有道理的。茶中有山水，茶中有人文，茶中有自然和宇宙。同样的道理，茶中必有哲学和享受。听说中国茶泰斗——张天福（今年104岁），依然西装领带皮鞋，而且还准备要放手干一番更大的事业，真是佩服得五体投地。据知，其长寿和健康之道，其中之一，便是每天早晨起床之后，必喝数十种茶，虽然都只是小饮一口，但已尽得茶之神韵了，这样的人生不是神仙也赛似神仙了，当对世人有所启悟吧。

如今，我也逐渐养成清晨品茗的习惯。每当晨起时，刷牙漱口之后，身旁的茶壶就已搁着茶叶了，茶杯也已摆好，但水还在烧。不过也不着急，坐在窗口茶几旁，一边等着水开，一边翻阅昨日的报纸或放在旁边的书籍，不亦乐乎。其实，清晨品茗之前，最好的阅读应是诗和散文，小说是午后或傍晚的事情。其次是阅读一些有关茶的文章。是的，喝工夫茶需要宁静，然后清心寡欲，最好能够抛弃一切俗念，这样品起茗来，才会达到物我两忘的境界。通过阅读我知道，中国历代有许多嗜茶的文人，李白、刘禹锡、柳宗元、白居易、苏轼、陆游等都是此中行家，还写过不少茶诗。林语堂、周作人、徐志摩等也写过不少有关喝茶的诗文。林语堂是家乡人，他说，中国人只要一壶茶，走到哪里都快乐。周作人说："茶道的意思，用平凡的话来说，可以称作为忙里偷闲，苦中作乐，在不完全现实中享受一点美与和谐，在刹那间体会永久。"这是怎样的一种境界？大师就是大师，一语道出了茶的神韵和精髓，令茶香从牙缝和每个毛细孔沁入。喝茶能够喝到这份上，就算还不是茶仙，也已经出神入化了。道法自然，也是茶道最高境界。

　　据说，中国茶道不仅讲究"廉、美、和、敬"，还讲究"理、敬、清、融"。可见，茶不仅是一门学问，还是一门高雅的艺术，同时从喝茶中还可以看出品味、修养乃至品德和爱好等，尤其是工夫茶，更需要用心去体会。中国人喝茶已经有一千多年历史了，陆羽《茶经》就是一本唐代经典之作，现在，我们还可以从喝茶中，看出唐风余韵，尤其那种淡定和儒雅心态。日本的茶道，也是那个时候从中国传过去的。日本茶道讲究"和、敬、清、寂"，无疑也是从中国茶文化中演绎出来的。据载，日本平安时代初期，遣唐使中的日本高僧最澄和尚，将中国的茶树带回日本，并开始在近畿的坂本一带开始种植，这就是日本栽培茶树的开始，到了镰仓时代，神僧荣西在中国学到了茶的加工方法，还将优质茶种带回日本传播，他于公元1211年写成了日本第一部饮茶专著《吃茶养生记》，所言不虚。

　　茶道中最有讲究的是工夫茶。清时，工夫茶流行于福建的汀州、漳州、泉州和广东的潮州一带，后来才在安徽祁门地区盛行。如今，工夫茶越来越兴盛，也越来越讲究。工夫茶生命力如此之强，足见其令人喜爱和健康的一面。我也是在不知不觉中爱上工夫茶的，而我最喜喝的茶叶是安溪铁观音，其不仅汤色好，连泡好的残叶也是十分耐看的，青绿如初摘下来一般，味道更加特殊，唇齿生津，留有余香是普通的说法，若能约上三两个好友一起登上临溪的某个楼上，不受任何干扰，最好连手机也关了，全身心投入，那才叫快活似神仙。

　　总之，我已经坠入工夫茶之太虚幻境了。我视工夫茶为知己，为红颜，为内心的默契，和对人生的感悟乃至期许，然而，千言万语已随茶香漫妙飘升了。